U0606602

新编新译
世界文学
经典文库

新编新译
世界文学
经典文库

B E S I D E

新编新译
世界文学
经典文库

T H E F I R E

炉火旁

爱尔兰盖尔语民间故事集

Douglas Hyde

A COLLECTION OF IRISH

[爱尔兰] 道格拉斯·海德 编
龚璇 译

作家出版社

GAELIC FOLK STORIES

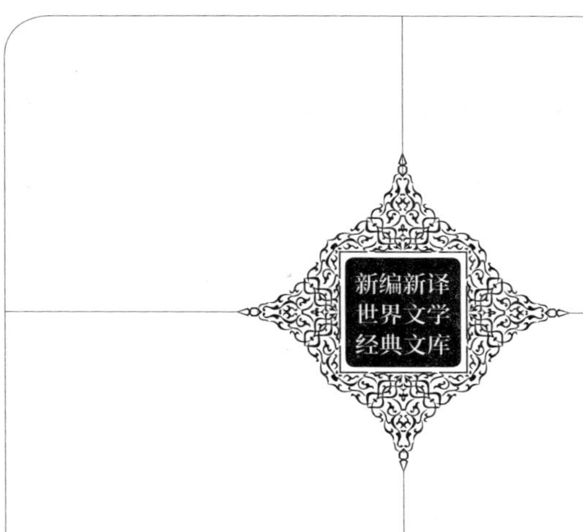

编委会

代　序

经典，作为文明互鉴的心弦

陈众议　　2020年11月27日于北京

“只有浪子才谈得上回头。”此话出自诗人帕斯。它至少包含两层意义：一是人需要了解别人（后现代主义所谓的“他者”），而后才能更好地了解自己，恰似《旧唐书》所云：“夫以铜为镜，可以正衣冠；以古为镜，可以知兴替；以人为镜，可以明得失”；二是人不仅要读万卷书，还要行万里路。读万卷书难免产生“影响的焦虑”（布鲁姆语），但行万里路恰可稀释这种焦虑，使人更好地归去来兮，回归原点、回到现实。

由此推演，“民族的就是世界的”（据称典出周氏兄弟）同样可以包含两层意思：一是合乎逻辑，即民族本就是世界的组成部分；二是事实并不尽然，譬如白马非马。后者构成了一个悖论，即民族的并不一定是世界的。拿《红楼梦》为例，当“百日维新”之滥觞终于形成百余年滚滚之潮流，她却远未进入“世界文学”的经典谱系。除极少数汉学家外，《红楼梦》在西方可以说鲜为人知。反之，之前之后的法、英等西方国家文学，尤其是20世纪的美国文学早已在中国文坛开枝散叶，多少文人读者对其顶礼膜拜、如数家珍！究其原因，还不是它们背后的国家硬实力、话语权？福柯说“话语即权力”，我说权力即话语。如果没有“冷战”以及美苏双方为了争夺的推重，拉美文学难以“爆炸”；即或“爆炸”，也难以响彻世界。这非常历史，也非常现实。

同时，文学作为人类文明的重要组成部分，是人类进步不可或缺的标志性成果。孔子固然务实，却为我们编纂了吃不得、穿不了的“无用”《诗经》，可谓功莫大焉。同样，马克思主义的经典作家向来重视文学，尤其是经典作家在反映和揭示社会本质方面的作用。马克思在分析英国社会时就曾指出，英国现实主义作家

“向世界揭示的政治和社会真理，比一切职业政客、政论家和道学家加在一起所揭示的还要多”。恩格斯也说，他从巴尔扎克那里学到的东西，要比从“当时所有职业的历史学家、经济学家和统计学家那里学到的全部东西还要多”。列宁则干脆地称托尔斯泰是俄国革命的一面镜子。这并不是说只有文学才能揭示真理，而是说伟大作家所描绘的生活、所表现的情感、所刻画的人物往往不同于一般的抽象概括、冰冷的数据统计。文学更加具象、更加逼真，因而也更加感人、更加传神。其潜移默化、润物无声的载道与传道功能、审美与审丑功用非其他所能企及，这其中语言文字举足轻重。因之，文学不仅可以使我们自觉，而且还能让我们他觉。站在新世纪、新时代的高度和民族立场上重新审视外国文学，梳理其经典，将不仅有助于我们把握世界文明的律动和了解不同民族的个性，而且有利于深化中外文化交流、文明互鉴，进而为我们吸收世界优秀文明成果、为中国文学及文化的发展提供有益的“他山之石”。同样，立足现实、面向未来，需要全人类的伟大传统，需要“洋为中用”“古为今用”，否则我们将没有中气、丧失底气，成为文化侏儒。

众所周知，洞识人心不能停留在切身体验和抽象理念上，何况时运交移，更何况人不能事事躬亲、处处躬亲。文学作为人文精神和狭义文化的重要基础，既是人类文明的重要见证，同时也是一时一地人心、民心的最深刻，也最具体、最有温度、最具色彩的呈现，而外国文学则是建立在各民族无数作家基础上的不同时代、不同民族的认识观、价值观和审美观的形象体现。因此，外国文学，尤其是外国文学经典为我们接近和了解世界提供了鲜活的历史画面与现实情境；走进这些经典永远是了解此时此地、彼时彼地人心民心的最佳途径。这就是说，文学指向各民族变化着的活的灵魂，而其中的经典（包括其经典化或非经典化过程）恰恰是这些变化着的活的灵魂。亲近她，也即沾溉了从远古走来、向未来奔去的人类心流。

此外，文学经典恰似“好雨知时节”，“润物细无声”，又毋庸置疑是各民族集体无意识和作家、读者个人无意识的重要来源。她悠悠地潜入人们的心灵和脑海，进而左右人们下意识的价值判断和审美取向。还是那个例子，我们五服之内的先人还不会喜欢金发碧眼，现如今却是不同。这是“西学东渐”以来我们的审美观，乃至价值观的一次重大改变。其中文学（当然还有广义的艺术）无疑是主要介质。这是因为文学艺术可以自立逻辑，营造相对独立的气韵，故而它们也是艺术化的生命哲学；其核心内容不仅有自觉，而且还有他觉。没有他觉，人就无法客观地了解自己。这也是我们有选择地拥抱外国文学艺术，尤其是外国文艺经典的理由。没有参照，人就没有自知之明，何谈情商智商？倘若还能潜入外国作家的内心，或者假借他们以感悟世界、反观自身，我们便有了第三只眼、第四只眼、第N只眼。何乐而不为？！

且说中华民族及其认同感曾牢固地建立在乡土乡情之上。这显然与几千年来中华民族的文化发展方式有关。从最基本的经济基础看，中华文明首先是农业文明，故而历来崇尚“男耕女织”“自力更生”。由此，相对稳定、自足的“桃花源”式的小农经济和自足自给被绝大多数人当作理想境界。正因为如此，世界上没有其他民族像中华民族这么依恋故乡和土地（柏杨语）。同时，因为依恋乡土，我们的祖先也就相对追求安定、不尚冒险。由此形成的安稳、和平性格使中华民族大抵有别于西方民族。反观我们的文学，最撩人心弦、动人心魄的莫过于思乡之作。如是，从《诗经》开始，乡思乡愁连绵数千年而不绝，其精美程度无与伦比。“昔我往矣，杨柳依依；今我来思，雨雪霏霏”（《诗经》）；“露从今夜白，月是故乡明”（杜甫）；“举头望明月，低头思故乡”（李白）；“春风又绿江南岸，明月何时照我还？”（王安石）。如此等等，不一而足。当然，我们的传统不尽于此，重要的经史子集和儒释道，仁义礼智信和温良恭俭让，以及少数民族文化等皆是中华传统文化的组成部分。而且，这里既有六经注我，也有我注六经；既有入乎其内，也有出乎其外，三言两语断不能涵括。诚然，四十多年，改革开放、西风浩荡，这是出于了解的诉求、追赶的需要。其代价则是价值观和审美感悦令人绝望的全球趋同。与此同时，文化取向也从重道轻器转向了重器轻道。四海为家、全球一村正在逼近；城市一体化、乡村空心化不可逆转。传统定义上的民族意识正在淡出。作为文学表象，那便是山寨产品充斥、三俗作品泛滥。与此同时，或轻浮或狂躁，致使伪命题及去心化现象比比皆是；文学语言简单化（却美其名曰“生活化”）、卡通化（却美其名曰“图文化”）、杂交化（却美其名曰“国际化”）、低俗化（却美其名曰“大众化”）等等，以及工具化、娱乐化等去审美化、去传统化趋势在网络文化的裹挟下势不可挡。

正所谓“彼亦一是非，此亦一是非”，如何在全球化这把双刃剑中取利去弊，业已成为当务之急。“不忘本来，吸收外来，面向未来”无疑是全球化过程中守正、开放、创新的不二法门。因此，如何平衡三者的关系，使其浑然一致，在于怎样让读者走出去，并且回得来、思得远。这有赖于同仁努力；有赖于既兼收并包，又有魂有灵，从而在人类命运共同体的旗帜下复兴中华，并不遗余力地建构同心圆式经典谱系。毫无疑问，唯有经典才能在“熏、浸、刺、提”“陶、熔、诱、掖”中将民族意识与博爱精神和谐统一。让《红楼梦》《三国演义》《水浒传》《西游记》等中国文学经典的真善美成为全世界共同的精神财富吧！让世界文学的所有美好与丰饶滋润心灵吧！这正是作家出版社与中国社会科学院外国文学研究所精心遴选，联袂推出这套世界文学经典丛书的初衷所在。我等翘首盼之，跂予望之。

作为结语，我不妨援引老朋友奥兹，即经典作家是好奇心十足的孩子，他用手指去触碰“请勿触碰”之处；同时，经典作家也可能带你善意地走进别人的卧室……作家卡尔维诺也曾列数经典的诸多好处；但是说一千、道一万，只有读了你才知道其中的奥妙。当然，前提是要读真正的经典。朋友，你懂的！

题　献

献给那些真正的饱学之士、无私义人，献给18世纪以及19世纪初的诗人–抄写者和“秘密学校”[①]的教师们——或许可以称他们为最后的米利希安人[②]。在这部集子中，我努力将他们曾经无比热爱的民族故事保存下来，哪怕是只言片语，这样做也是为了继续他们徒然却高尚的努力。

① “秘密学校（hedge schools）”指的是18世纪至19世纪期间为不信仰英国国教的天主教徒和长老会教徒提供基础教育的、小型的、非正式的“非法”学校，核心课程包括爱尔兰语和英语语法、读写以及数学，因学校位于树篱旁而得名，学生通常在房子里或谷仓里上课。——译者注

② 古书《侵略史》称西班牙国王米勒的三个儿子来到爱林后从达南族手里夺取了这块土地，按照爱尔兰的神话和传说，古代爱尔兰王族及其子孙都是米勒的后裔（Milesians）。——译者注

目　　录

前　言

今时今日，虽然爱尔兰和苏格兰的盖尔语民间故事还是一种“活着的”文学样式，实际上却已近乎于文物了。时势之轮将民间故事扎根的沃土踏于足下继而弃之如荒地；万幸的是，在这之前苏格兰已经获得一次大丰收，不幸的是，爱尔兰没有采取任何有力的行动及时收割几年前长势茂盛的庄稼。直到最近，仍有数百万爱尔兰人在一天的工作结束后继续在这片沃土上寻觅精神乐园，而我们这些读书人中却很少有人获得许可进入这一领地。一个人在厌倦了生活的种种现实之后，总要找些富有想象力的消遣来放松自己的神经，世人皆然。我们这些读书人找的是自己喜爱的小说家，在细读小说家的作品时，我们总能发现小说家为了打动读者删掉这个，突出那个，或者使用某种特别的手法。小说是小说家个人创造的智力产品，我们当中，或者，我们同时代的人当中已经有人亲眼见证了小说的诞生。

然而，没有人能确定地告诉我们民间故事的起源，没有人有意识地见证民间故事的诞生，也没有人留意民间故事的成长。从很多方面来说，民间故事都是一个谜，像时代的残骸与弃物，有气无力地撞击着19世纪的海岸，漂到英格兰后被物欲与文明的合流淹没，又挣扎着漂到了爱尔兰的西海岸。我在爱尔兰的西海岸将这些幸存下来、未被吞没的民间故事收集起来捆扎成卷，诸君眼前的这卷就是其中之一。

爱尔兰的民间故事，与爱尔兰的民歌和本土文学一样，长期无人探索、无人收集。本世纪以来，时不时地总有人尝试着收集整理爱尔兰民间故事，他们的尝试虽有文学价值，从科学研究的角度来看却并不成功。这一领域的领路人是克罗夫顿 · 科洛克

(Crofton Croker)，他在1825年首次匿名出版了那本受读者喜爱的著作《爱尔兰南方的仙子传说与传统》(*Fairy Legends and Traditions of the South of Ireland*)。其他相同主题的出版物无不追随科洛克的脚步，但都缺少他那种活泼的文风，缺少他对古典文学和外国文学中同类作品所作的有趣的比较，也缺少他那令人愉悦的评注，那些评注涉及文本中一切有意思的话题，极富科洛克特色，十分引人入胜。我用了“文本”一词，指的是一部待注的原作；遗憾的是，克罗夫顿·科洛克总是把自己当成了原作者。这是他的缺点，也是所有效仿者的缺点。当然，故事的讲述形式是科洛克自己的，但是，了解仙子故事的人都不认为科洛克对原作的改编仅限于讲述的形式。事实上，这些故事的基础是科洛克与南方农民的交谈，他十分熟悉这些农民，在午夜的油灯下，他以令人赞叹的技巧和细腻的笔触丰富了故事的基础架构，增强了故事的趣味性，以便能把他的故事集卖给普通英国读者。

卡尔顿(Carleton)和拉夫尔(Lover)不必提，这两位小说家仅出版过一些不重要且被大量改编过的爱尔兰故事。另一位收集过一卷爱尔兰民间故事的是帕特里克·肯尼迪(Patrick Kennedy)，肯尼迪是威克斯福德郡本地人，出版过《爱尔兰凯尔特人的传奇故事》(*Legendary Fictions of the Irish Celts*)，1870年他又出版了一部佳作，题为《爱尔兰的炉边故事》(*The Fireside Stories of Ireland*)，里面都是他童年时在威克斯福德听过的故事。他收集的许多故事看上去像是真正的盖尔语民间故事经过英语的筛选过滤后剩下的残渣余烬，盖尔语的生命力被遏制并大大削弱了。不过，肯尼迪似乎没有在这些故事中掺杂太多别的东西，书中最好的两个故事《杰克，狡猾的小偷》与《蠢材肖恩》，我在毗邻的威克洛郡也听过，和肯尼迪的版本相差不大。有趣的是，尽管这两个郡都靠近佩尔（Pale）[1]，长期受到英国的影响，却似乎以英语为语言形式保留了相当一部分古老的盖尔语民间故事；而在利特里姆、朗福德、米斯以及那些爱尔兰语在近几十年才逐渐消亡的郡县，民间故事和盖尔传统却已被扫除得干干净净，就是最坚决的“西布列吞人”（the West Briton）[2]也只能做到如此了。部分民间故事得以在东部郡县幸存下来的原因或许在于，教育和出版物的缺乏使得民间故事（民众唯一的智力娱乐活动）在爱尔兰语被英语取代的过程中不得不转换为或正确或错误的英语译本。我不知道最初的转换发生在何时，但我听沃特福德的老人说，1798年他们的父辈或祖父辈去北方参加威克斯福德的爱尔兰义军时就惊讶地发现英语已经称得上是通用语了。说到他收集的故事，肯尼迪称，“我煞费苦心，要让这些故事适应不同性别不同年龄的读者的阅读需求”；“读者一看到这些故事或许就能辨别它们来自何地”。遗憾的是，他提供的来源信息并不比科洛克提供的多，我们还是无法确定哪些是肯尼迪和书商加工过的，哪些是威克斯福德的农民们讲述的。

肯尼迪之后是王尔德夫人（Lady Wilde）——她编纂的作品有《古代传说》（*Ancient Legends*）以及新近出版的《古代的药物、咒语和习俗》（*Ancient Cures, Charms, and Usages*）。这两本书里的大量内容都以民间故事为外壳；然而，和她的前辈一样，王尔德夫人既不屑于引用专家的原话，也不屑于给我们一点点提示，告诉我们这些传说、药物和迷信源自何地，信息提供人是农民还是其他人，又或者，这些迷信和传说在哪些教区或郡县流行，诸如此类的相关信息正是现代民俗研究者期待知晓的。每当使用爱尔兰语词时，她对爱尔兰语的无知就显露无遗，可是，要想妥善收集这些故事和迷信，爱尔兰语是唯一的语言媒介。她那些醒目的话语让我们这些说爱尔兰语的人大为惊奇，比如："爱尔兰农民用爱尔兰语祝人好运的时候，是这么说的——'愿太阳和月亮的祝福与您同在'。"[3] 我感兴趣的是这一不寻常的异教习俗如今还在哪些地区流行，要知道，我去过那些仍然使用爱尔兰语的郡县，当我用爱尔兰语和那里的人说话时从来没有人像这样祝福我，我也从不期待得到这样的祝福。当然，王尔德夫人的书是令人赞叹的，书中记录了大量民间故事和习俗，对于这位天资聪慧的编纂者，爱尔兰人感激不尽。遗憾的是，这些书的价值远不及它们的趣味性，原因如上——我们不知道哪些是王尔德夫人加工过的，哪些不是。

今年，与王尔德夫人最近出版的书几乎同时出版的另一部重要作品是一本爱尔兰民间故事合集，这部重要作品是一位名叫耶利米·柯廷 (Jeremiah Curtin) 的美国绅士从南部及西北部说盖尔语的爱尔兰人中收集的。他收集了约二十个故事，在讲述这些故事时他做得很好，不像之前的编纂者那样添加太多调味作料。柯廷先生告诉我们，他的故事来自一些说盖尔语的老年男性，但给他做翻译的人一定笨嘴拙舌、水平一般，致使他对最常见的爱尔兰语词都不理解，书中谬误和王尔德夫人的一样令人瞠目[4]。从他的书中我们完全无从得知他参考了哪些专家的观点，就此而言，他也步了王尔德夫人的后尘。他一个讲述人都没介绍，只泛泛地提到，一些说盖尔语的老人生活在仍使用盖尔语的穷乡僻壤，至于他什么时候，从谁那里，如何收集到这些故事，我们一无所知。正因如此，他没有充分展现这本故事集的价值，以我对爱尔兰民间故事的了解，可以很容易看出柯廷先生其实比其他任何一位编纂者更接近民间故事的源头。遗憾的是，柯廷先生和他之前的编纂者一样，也有自己的写作风格，至少可以说，他翻译的那些盖尔语故事本身并无这样的话语风格。[5]

目前在爱尔兰，我们没有一个民俗研究者可以和艾莱岛的伊恩·坎贝尔（Iain Campbell）相提并论，没人有他那种缜密调查、彻底研究的能力，也没人有他那种亲和力与强烈的民族热忱，当然，最重要的是没人像他那样对盖尔语了如指掌。有关盖尔语的知识像一块磐石，我们这些研究爱尔兰民间故事的人正是被这块磐石撞得四分五裂。在爱尔兰的大多数社交圈里，说爱尔兰语被人知道了可是一桩丢人的事。在首都都柏林，人们有时用法语或德语词汇表达想法，可是，如果一个人用爱尔兰语词汇表达想法，大家一定会说这个人完全不懂佩尔礼仪。所以，我们无须为文人们对爱尔兰盖尔传统的无知感到惊讶，这些文人为英语读者写作，在我们的语言中强行掺杂我们没有的话语模式和一些并非从我们这里学会的习语。

也正因为这样，太多民间故事的作者最感兴趣的就是对各种盖尔语故事的骨架结构进行自以为是的加工处理，这些盖尔语故事又是他们以英语为媒介收集来的。这些兴致勃勃的先生女士们动用他们精致的大脑为各种干骨穿衣打扮，观察这些奇装异服并非毫无乐趣，可是，一旦给这些干骨裹上软垫穿上外套，民间故事也就不复为民间故事。因为，只有那些思想单纯的人们使用的语言才能为民间故事织出最合体的外衣，他们如此单纯所以才会兴高采烈地保留着那些心思复杂的人无一例外已经忘记了的故事。当故事的内容与其原初的语言形式相分离，民间故事就只能通过一种既不确定也不合宜的媒介得以呈现了。知道了目前为止爱尔兰作家对待民间故事的方式，我们便毫不奇怪为什么《大英百科全书》中“民间故事”词条的作者介绍了五十来个这一领域里的专家，却没提及一本爱尔兰民间故事集了。在诸君手持的这本集子以及我的《故事集》[6]中，我不追求别的，只求比我之前的编纂者更准确，我只求一丝不苟地、准确地呈现故事讲述者的语言，记下他们的名字和他们生活的地区——如果将来的科学家要从我们这些收集者为他采集的山花中汲取花蜜（永远是蜜吗?），想来他首先要依赖这些永远必要的信息。

很难说爱尔兰是否还有许多与这本集子里的故事相似的故事，这个问题只有做了进一步研究之后才能得到回答。换了任何别的国家，四个省内的盖尔语民间故事大概早就收集完成了，“满不在乎的爱尔兰人”如今看上去对一切与盖尔文化相关的东西都不在乎，因此，直到现在，他们的民间故事依然无人收集整理。

把这本集子看作爱尔兰民间故事之代表的读者可能会在初读之下认为爱尔兰的盖尔语故事与高地盖尔语故事大不相同，因为在坎贝尔和麦克因内斯（MacInnes）的集子里几乎找不到与这本集子里的故事相类似的故事。那是因为在这本集子里，我特地把“与已出版的高地故事不同”作为选篇标准，要知道，通常来说，大多数爱尔兰故事都与苏格兰故事关系密切。比如，柯廷先生的大部分故事都有对应的苏格兰盖尔语版。许多苏格兰没有的故事竟然存于爱尔兰，这并非怪事，或许是因为苏格兰人如今已经忘记了这些故事，也有可能是那些去苏格兰建立殖民地的爱尔兰人[7]不曾把这些故事带过去；其中有些最晚近的故事——尤其是那些我称之为起源明确的故事——一定是从那时候开始就在爱尔兰人中流传了，另一方面，公元5世纪时米利希安人征服了爱尔兰，被取代的民族可能将一些苏格兰故事留赠给了说盖尔语的人。

高地故事中的许多故事单元[8]在爱尔兰手抄本中都有其对应版，有些故事单元我在爱尔兰民间故事中竟然找不到相似的。这是很有意思的，因为这些爱尔兰手抄本曾经广泛流传，也曾在农舍里的炉火旁被反复诵读，而历史上并没有手抄本在高地小屋里留下痕迹。斯坦迪什·奥格雷迪先生（Mr. Standish O' Grady）为莪相会[9]出版物第三卷写的精彩序言中列出了大约四十个最广为人知的故事。这份名单远不能展现民间故事的全貌，其中大部分故事在不同时期手抄本中都有，我读完后将它们与我收集的口头民间故事进行了对比，惊讶地发现两者之间几乎没有交集。抄录人似乎主要只记录行吟诗人与职业故事讲述人创作的故事——这些创新往往以民间故事里的故事单元为基础——而民众的品味更传统，他们更愿意舍弃诗人的创新以接续古老的雅利安传统，我编的这本集子就提供了一些传统故事的样本。手抄本故事与民间口传故事在风格和内容上的区别让我相信，抄本里的故事并非学者们记录下来的古老的雅利安民间故事，而是个人的创新，和现代小说家的创作一样都是有意识的创新。当然，这个观点在运用之前还需稍加修改，因为，如前所述，苏格兰的盖尔语民间故事中有些故事单元与手抄本故事中的故事单元是十分相近的。让我们来看这样一个故事单元——它绝非个例——这个故事单元体现了苏格兰高地传统的特色，若非如此，则必然是某个善于创新的爱尔兰作家发挥其想象力的产物。

坎贝尔在苏格兰高地发现了一种奇特的生物，名叫髪悍[10] (the Fáchan)，他还画了一幅充满幻想的版画[11]，一本名为“金甲乌兰”的爱尔兰手抄本中也描述了这种生物。坎贝尔的故事讲述人老麦克菲称髪悍为“峡谷里的荒原怪，科林的儿子”，这种怪物“从胸腔里长出一只手，从臀胯处长出一条腿，脸上只有一只眼”，用老麦克菲的话说，“髪悍丑得很，他的胸口伸出一只手，头顶长着一撮毛，掰弯这撮毛可比拔起一座山难多了”。据坎贝尔所言，日耳曼和挪威神话中没有这种单腿、单手、独眼的怪物，爱尔兰手抄本描述道，“没多久，他（乌兰）就看到了这个奇形怪状、恶魔似的东西，这个凶猛可怖的鬼怪，这个阴森恶心的敌人，这个阴郁丑陋的家伙。他长成这般模样：皮包骨头的手拿着一根沉重的连枷状铁棍，棍子上缠绕着二十根铁链，每根铁链上有五十颗苹果，每颗苹果都被下了毒咒，雄狍和鹿的皮子裹住的东西是他的躯干，黑魆魆的脸，前额长着一只眼睛，一只毛烘烘硬邦邦的胳膊从胸膛里伸出来，裸露在外，他只有一条腿，腿上遍布青筋，脚掌又硬又厚，身上又厚又硬的羽毛缠绕成一件深蓝色的斗篷密密实实地裹住他，与其说他像人不如说像魔鬼”。就像高地人说的那样，这种怪物生活在荒原上，如果不是苏格兰传统提供实证，我会毫不犹豫地把这个故事单元当作某个爱尔兰作家的奇思妙想，更重要的原因是我从没听说本地传统里有关于这种奇特生物的描述。在高地发现了“髪悍”的对应物使我们对问题有了新的思考。这种高地怪物是不是源于爱尔兰的手抄本故事呢？或者说，手抄本故事的作者只不过在他的故事中收录了一个当时所有盖尔族的分支都很熟悉但现在却已绝迹了的民间故事？后一种猜想一定是真实情况，因为这位爱尔兰作家没给这个怪物取名字，而高地人叫他“髪悍”，这个词，我在其他地方都不曾见到过。

我们之所以停下来思考是否能把这个爱尔兰手抄本故事看作某位诗人或作家的虚构作品，还有一个理由：细读这个故事，会发现它在很大程度上是其他民间故事的化身。构成这个故事的许多故事单元在苏格兰的盖尔语资料中都有其对应版，最引人注目的例子中有一个“王子变工匠”的故事单元，我在一个康诺特的民间故事中也找到了。在盖尔语世界里收集到的各种故事都有相似的故事单元，这些故事单元的扩散传播表明一个事实：随着这些片段四处传播，它们构成的故事不是某位作家的原创作品，而是作家将民间故事重新包装后的加工品，他在其中添加了一些自己创作的故事单元，并且给这个民间故事穿上新衣。

在追溯这个典型故事的源头时，我们发现了另一个不寻常的事实——这个故事的开头十分新颖，是被改写和重新虚构而成的。可以说，一旦故事单元的顺序和进程像这样被固定化、模式化，这个故事似乎就获得了新生，准备重新出征了。也就是说，爱尔兰手抄本持续不断地誊抄这个故事，使得它成为一个广为人知的书面故事，与此同时，它在苏格兰一直被口口相传，高地人口述故事时使用的语言与爱尔兰作家的书面语言一样夸张、富有诗意，故事单元的顺序也与书面故事中故事单元的顺序如出一辙，只不过，在高地讲述人的口中，三位冒险者的爱尔兰名字乌尔（Ur），阿图尔（Artuir）和乌兰（Iollann）变成了乌尔（Ur），阿瑟尔（Athairt）和乌拉尔（Iullar）。我认为，这个主要由民间故事的故事单元构成的故事被创作完成后马上见之于纸端是极为不可能的。更有可能的是，它在爱尔兰和苏格兰传播开来成为一个十分流行的故事之后，某个爱尔兰抄写人才把它抄了下来。据我所知，这也是为什么这个故事现存的手抄本，以及许多像它一样的故事的手抄本都相对"时新"许多的原因[12]。这一推测，即游吟诗人的故事只有在广为流传后才会行诸文字，也得到了另一个事实的支持：我们在爱尔兰和高地的许多民间故事中都发现了游吟诗人的创作痕迹，这些痕迹很容易从故事语言的诗意、对头韵及夸张的运用中辨别出来；而无论在爱尔兰还是高地我们都没发现这些创作故事的手抄本。当然，也可以认为，那些手抄本已经被毁了，我们都知道，现代爱尔兰人对自己的文学遗产和文物古迹漠不关心到了荒诞的程度。然而，如果它们曾经存在过，我认为，从现存的文学作品中总能找到一些它们留下的痕迹，或者找到对它们的影射。

此外，高地口传故事与爱尔兰手抄本中的故事单元虽然基本相同，但两者中的诗篇部分却大相径庭。如果一个故事是通过一次性完成后再被誊抄的手抄本传播的，那么，我可以肯定地说，两个头韵段落之间的相似度应比现在高很多。我们见到的差异似乎说明讲故事的人试图记住的不是语言而是各种故事单元，每一位从同伴那里听到新故事的游吟诗人都把这些故事单元印刻于心，每当他来讲述这个故事时，用的都是自己的语言，每当遇到原作者认为适宜用诗行来描述的场景时，比如海上的风暴、战争的场面或者别的什么，讲述人也会用诗行进行描述，但不会用同样的方式也不会用相同的语言，因为仅仅依靠耳朵，实在不可能把前一位讲述人描述这些场景时使用的语言都记住。很有可能的是，每一位诗人或故事讲述人都注意到了那些应该使用诗行进行铺叙的地方，于是各自施展口才补充了这些诗行。让我们从乌兰的故事中找一两个例子来说明吧。下面是高地口传故事中一段描述"海上行船的铺叙"(sea-run)[13]，三位勇士登船启航之后——

他们让船头朝海船尾朝岸，
他们高升船帆，帆面光斑点点，迎风鼓翼，
要把又高又粗的桅杆拍裂，
怡人的微风是他们心中所盼，
吹来山上的石楠花，树上的落叶，还有无根的柳，
吹动屋顶的茅草落入山脊的沟壑，
那一天儿子做不到父亲也做不到，
那天的风对他们来说既不多也不少，
随风前行随遇而安。
海浪骤然跌落又迅速暴涨，
红的海水蓝的海水拍来打去，
这里那里四处击打船板，
海底暗褐色的蛾螺，
将化作船缘的尖齿，割出船底的裂缝，

她将一往无前，劈开纤细的麦秆。 12

我们发现，在爱尔兰手抄本中，相应的铺叙转换为诗篇后却很不相同，两个版本使用的叙述语言都是有节奏的散文化的语言——

于是，他们急切地跃身入海，士气高涨英勇无敌，
直面那广袤的大洋，
还有那巨大的恐怖……
于是，大海掀起凶猛的浪，
他们回之以耐心勇力与气魄，
绿色的海浪高高耸立，在两侧咆哮如雷，
终于，他们快速划桨，怒火中烧，高挥臂膀，
终于，可怖的海，深不见底，与天相连，
掀起白沫巨浪，如平原缅邈，
浪声急切，连绵不绝，筑起洪流深台，
复又落下，迅猛凶恶，形成阴郁山谷，
这可怖的绿色海浪，重击猛打，
力大无比、危险无比的海浪狠拍甲板两侧，
使尽全力，闷声狂吠。

持反对意见的人可能会说，与海相关的铺叙太多太常见，一个版本很容易取代另一个，以此为据还不足以让人相信故事讲述人或职业行吟诗人只记诵故事中的若干故事单元，铺叙部分则是

各人自展文采即兴完成，或者各人储备自己的铺叙华章以备不时之需。那么，让我们再看另一个故事，坎贝尔有这个故事的高地版，而我有一个不错的爱尔兰语抄本版，这个抄本是某个北方抄写者于1762年完成的。故事名叫“瘦削苍白的流浪汉”，坎贝尔译为“黑瘦的常胜”，故事里有很多头韵体的铺叙，高地讲述人在讲述时保留了这些铺叙在原文中的位置，但使用的词句却很不一样，比如，在描述流浪汉的敏捷时，高地讲述人使用的都是他自创的、爱尔兰语手抄本中没有的铺叙。每当有人问流浪汉来自何方时，高地讲述人口中的流浪汉总是回答——

我疾走快跑，
从那山泉无数的地方来[14]，
从那天鹅栖息的山谷来，
艾莱歇一晚曼岛歇一晚，
寒夜里石冢旁歇一晚，
在高高的山顶。
我生在苏格兰王治下的小镇，
一个可怜巴巴的战士，
偶然来到这个小镇。

在爱尔兰语手抄本中，流浪汉总是这样回答——

在苏格兰王治下的小镇，有一个叫莫尼河堡的地方，
我昨晚睡在那里，

我在艾莱待了一天，在肯特利待了一天， 14
在曼岛一天，在拉斯林岛一天，
在芬沙石冢一天，
在福尔山的山顶。
我这个四海漂泊的可怜人啊，
伊力堡是我出生的地方，
听啊，他说，这就是我的故事。

此外，每当流浪汉弹起竖琴，高地讲述者就这样描述——

他会弹很多曲子，也会很多乐器，
脚踏物什，绷紧琴弦，
战士们站起来，英雄们站起来，鬼魂们也站起来，
鬼啊魂啊疾病啊高热啊，
都要安睡长眠。
这个大世界，所有一切，
伴着那甜美宁静[15]的曲子，
常胜就要弹奏的曲子。

爱尔兰语手抄本这样描述——

这个流浪汉弹起乐曲唱起歌，
受伤的男人和抱孩子的女人，
被砍伤的英雄和血肉模糊的战士，

所有受伤的人和生病的人，
还有那些被狠狠伤害的世人，
都将在乐声中入睡，
总这么灵验，总这么甜美，这流浪汉演奏的音乐。

还有，当流浪汉走向某人时，高地讲述者就用半带节律的语言这样描述流浪汉的步态："只见一个年轻小伙子向他们走过去，他身穿一件旧大衣，大衣外面露出两肩，头戴一顶旧帽子，帽子外面露着两只耳朵，踢踏着两只又大又破的鞋子，鞋里灌满了路边的脏水，又湿又冷，他的剑斜挎在臀胯一侧，露在鞘外的剑锋足有三英尺长。"

爱尔兰作者则这样描述他走过来的样子："他看见那个瘦削苍白的流浪汉径直走向自己，他的剑半露在臀胯后，水从湿透的旧鞋里渗出来，旧斗篷外露出两只耳朵尖儿，手里握着一根冬青木的粗柄短标枪。"

像这样的例子还有很多，这些应该可以满足我们的需要了，它们证明只要是爱尔兰语手抄本中有的铺叙，高地盖尔语故事中也同样有，只不过表述语句不一样，意思是基本相同的。这种情况唯有我们之前的推测可以解释，也就是说，一个职业诗人成功地创作完一个故事后，并不是马上把这个故事行诸纸笔，而是以口相传，直到它成为所有故事讲述人的财产，成为职业诗人拿手曲目的一部分，诗人们不去记诵也无意记诵第一个故事讲述人使用的语句，只记诵构成故事的故事单元，（他们所受的职业训练让他们能够）根据原作在每一个需要铺叙的地方，事先或即兴创作出热情洋溢的头韵体篇章。

值得一提的是，这个特别的故事——至少从它在爱尔兰和苏格兰传播的形式来看——不可能早于1362年，那一年，斯莱戈的奥康纳进军芒斯特大获全胜满载而归，无论在高地版还是爱尔兰语抄本版中，流浪汉都跟随过族长奥康纳，后来因为奥康纳忘记赐他第一杯酒[16]，他心生厌恶便离开了。这个故事很可能和其他很多故事一样，在爱尔兰的土壤里历经寒暑才生长成为现在的样子——故事的雏形大概很早以前就有了——不会早于14世纪末或15世纪初。某个爱尔兰诗人或职业故事讲述人把它带给苏格兰的盖尔人，在那儿，它被传诵到今天，内容没有太大变化，只是形式上简短了许多，很有些发育不足的样子。至于这个爱尔兰语抄本，我想它是几个世纪之后才被写下来的，在苏格兰和爱尔兰的盖尔人都对这个故事耳熟能详后，才有某个抄写者设法找到一个讲故事的人（据《伦斯特书》[17]记载，职业故事讲述人必须记住三百五十个故事），用文字记下这个故事使之定型成为现在流传的爱尔兰手抄版，这就好像坎贝尔在两三个甚至是四个世纪之后记下了这个故事的苏格兰高地版一样。

当然，据说许多手抄本故事中的华丽夸张的语言并非出自故事的口头讲述人，而是抄写人的手笔，这些抄写人以饱读诗书为傲，以堆砌辞藻为美。然而，我认为有的抄写人确有可能添加些额外的修饰，但故事讲述人才是“首犯”。试举一例，这个从康尼马拉收集来的口述样本有抄本故事的所有特点，但基本可以确定它是一个纯口头流传的版本：“他们行至港口，那里停着一艘船准备载他们过海。他们跳进船里，把船帆升到桅杆顶端，所有的帆都一样长短，一样平整，被风吹得鼓鼓胀胀，因此，他们必须绷紧每一根绳索，摇动每一支桨，在翻腾涌动的海里奋然前行。海里的巨鲸为他们演奏仙乐，三分之一的巨鲸浮在海面，三分之二的巨鲸沉入海底，光滑的细沙随之下沉，粗糙的沙砾浮了上来，海鳗一条缠着一条，互相摩擦着游进东方的港口。”这样的描述与一两百年前职业故事讲述人的绘声绘色相比可能不算什么，因为职业讲述人有受过训练的耳朵、海量的词汇储备，以及完美的语言驾驭能力。这种华丽的文风普遍存在且依然流行，既然如此，仅仅把它视作抄写人创作与传播的成果显然是有违事实的。

爱尔兰和苏格兰盖尔民族间的联系密切之极，体现在文学上必然有某种一致性，事实上，直到英国在阿尔斯特大建殖民地，切断了苏、爱盖尔民族间的交通要道之后，这份历史悠久的亲密友谊才被迫中断。即使在15、16世纪，诗人创作的故事也很有可能刚在爱尔兰赢得声名就被带到苏格兰去碰运气了，这就好像一个英国剧团会从伦敦到都柏林来碰运气一样。有一个故事可以让我们了解英雄故事在盖尔语母语者之间的传播，这是坎贝尔收集的故事中最长的一个，故事名叫“康纳尔·古尔班”。把这个故事的高地版和马努斯·奥唐纳神父于1708年完成的爱尔兰语手抄本，以及卡利格纳瓦什村的迈克尔·奥兰甘于19世纪初完成的另一个手抄本进行比较，我惊讶地发现所有版本中的故事单元都以绝妙的规律性先后出现。幸运的是，最近的资料可以帮我们确定这个著名故事的时间，据坎贝尔称，这个故事“在苏格兰广泛流传，从东部的布雷到西部的巴拉岛再到南边的丹依和佩斯利”。抄本版和高地版的故事都讲述了生活在5世纪的盖尔族首领康纳尔·古尔班的英雄事迹以及他与众敌之一突厥人之间的战争，古尔班是“九质尼尔王”[18]的儿子。爱尔兰语手抄本的开篇讲述尼尔王在位时，君士坦丁堡的皇帝派了一名信使来召他出征，请他帮助皇帝镇压基督教并让欧洲各民族皈信突厥人的宗教。我们可以有把握地推断这个罗曼司兴起的时候正是穆罕默德开启征程攻陷君士坦丁堡震惊欧洲的时候。这或许意味着故事时间最早可以追溯到15世纪末叶。但是，我们也可以如此设想：创作这个罗曼司的时候，君士坦丁堡已经由突厥人统治很长时间了，以至于创作者认为在“九质尼尔王”时期[19]君士坦丁堡就属于突厥人且一直是这样。我们知道这一类罗曼司一直要到晚些时候才被创作出来，我认为它们无一被传至苏格兰。在18世纪和19世纪上半叶的抄写者中流传最广的浪漫故事之一是“托洛尔夫·麦克斯塔恩的冒险故事”以及“托洛尔夫·麦克斯塔恩的三个儿子的冒险故事”，大多数手抄本都称故事的作者是生活于18世纪初的迈克尔·奎闵[20]，我曾经论证过更早的罗曼司的传播方式，奎闵的故事也不例外，他的浪漫故事不是通过职业故事讲述人而是通过无数手抄本的复制本得以传播的。此外还可以肯定，奎闵讲故事的方式与古代的诗人不一样，他像现代小说家一样，写下了他的故事。但这并不能证明我的推测错误，也不能证明“康纳尔·古尔班”以及与之相似的四五十个故事都源自某个手抄本，只能证明，18世纪时古老的秩序正让位于新秩序，职业诗人和故事讲述人的时代已经过去了，他们与他们的恩主盖尔贵族一样，成了明日黄花。一个尤其有趣的问题是，这些源自手抄本的现代故事是否作为民间故事在农人中留下了印迹？我自然是没有找到只鳞片爪，但这也证明不了什么。如果爱尔兰能派遣几位工作者分散到各省去调查，我们对这个问题的了解就会多一些，遗憾的是，几乎没有人做这项工作，更糟的是，当前政治思想的走势以及爱尔兰教育界权威们的语气都不大可能鼓励人们去做这项工作。唯有等我们采取行动，像苏格兰人收集高地故事那样全面收集了爱尔兰民间故事之后，才可以对高地故事与爱尔兰民间故事之间的关系，以及两者与爱尔兰手抄本之间的关系，做出明确的推论。

爱尔兰民间故事大致可以分为两类，我认为其中一类的起源明显不在爱尔兰岛内，另一类则明显源于爱尔兰。我们之前讨论的都是后一类。大部分篇幅较长的、关于芬尼亚勇士的故事都属于后一类，这一类还包括所有那些内含长篇华章、华章中头韵文字与修辞诗句比比皆是的故事。前一类起源明显不在爱尔兰本土的故事包括那些简单的故事，比如保留了自然神话痕迹的故事；也包括那些看上去源自古老雅利安传统的故事，之所以这么说，是因为在其他说雅利安语的人群中发现了类似的故事，比如，有一个故事讲的是一个想弄明白什么是“害怕到发抖”的男人[21]，有些故事讲的是动物、会说话的鸟、巨人或者巫师等等，还有些故事既简单又直白，说明它们广为流传、起源不明，当然，这些故事中有的可能生发于爱尔兰的土壤。属于这一类的还有众多各种各样的传统，这些传统不是故事；除此以外，也有聊天时说到的逸闻趣事，它们不是成套的故事，有些说的是“仙子们长什么样”，“仙子”也被称作“好人”或“达努女神的后代”，有些说的是恶作剧的小精灵、小矮妖、鬼魂、幽灵以及水马[22]等等。据我观察，这些民间想象中的生灵很少出现在真正的民间故事里，或者说，最多作为搭头出现，因为所有常规民间故事的兴趣基本上都集中在某个英雄人物身上。关于小矮妖、仙子等生灵的故事都非常简短，通常还会描述与它们相关的地名和景物，这类故事是人们谈论其他事情时顺带闲聊的话题，讲述真正的民间故事可不是这样，每一次讲述都带着一种庄重的劲儿。 20

我们花了很多时间讨论最晚近的民间故事，它们就像吟游诗人吟唱过的故事留下的残骸，现在不妨看看那些最古老的、看似起源于史前时代的故事。这些故事中有一部分故事毫无争议地体现了原始人竭尽全力解释自然现象的种种尝试，他们或者将自然现象拟人化，或者在自然现象上附加种种解释性的寓言。我们一起来看一个样本，样本故事是我在梅奥郡发现的，没有收入这部集子，故事名叫“长期喝母乳的男孩”，按照冯·哈恩的分类，这个故事大概会归入“勇士历险记”一类。故事中的主人公是一个名副其实的大力士（赫拉克勒斯），为了置他于死地，国王派给他一些不可能完成的任务，比如，派他去地狱用棍棒驱赶幽灵。有一次国王要他把满满一湖水都吸干，湖的一侧非常深，像个蓄水库，他在这一侧打了一个洞，把嘴贴近洞口，不仅吸干了整湖水而且把湖里的船和鱼等，一切物什吸了个干净，这个湖最后变得“像你的手掌一样干巴巴的”。就算一个惯持怀疑态度的人也得承认，这个故事（不可能有别的含义）是（很有可能是雅利安）太阳–神话的遗存，烈日被人格化，他烤干湖水，把湖变成沼泽，湖里的鱼缺水干死，湖上的船也搁浅了。像很多别的故事一样，这个故事的意义也不止于此，对于像莱斯教授这样的研究者而言，这个故事为他们把赫拉克勒斯视为太阳神提供了依据。故事中的英雄下临地狱，用手中的棍棒威慑幽冥之灵，国王一再派他执行不可能完成的任务，企图置他于死地，他却成功地完成所有任务，这都说明他似乎就是古典神话中的赫拉克勒斯。不过，爱尔兰传统中保留了湖水干涸这一故事单元，这必然是太阳神所为，也应当是赫拉克勒斯所为——但理由却不那么充分了[23]。如果不把这个故事看成自然神话的遗存，就完全无法理解它，因为有理智的人都不会相信这样的故事，就连小孩子都不会相信“有人吸干了湖里的水和船，吸干了湖里所有的东西”。尽管如此，这个故事却奇异地传承下来，由父亲传给儿子，很可能传承了几千年，故事成形的时候我们的祖先一定与今天加利福尼亚的印第安人或者澳大利亚的原住民一样原始蒙昧。

在另一个故事中，我们得知有艘船在陆上行驶与在海里行驶一样迅速，并且直达目的地。这艘船相当庞大以至于全世界的男人都进去后还能再容纳六百多人，同时，它又可以变得很小，把它折叠后用一只手就能握住。然而，船是不在陆上行驶的，不能变大变小，也不能直达目的地，所以说，这是另一个自然神话，一个非常古老的神话，由史前人创作出来的神话。船其实就是云，既能在陆上飘移又能在海上飘移，大可承载最大的军队小可纳入手中，还可以直达目的地。数不尽的世代更替，故事的意义早被遗忘，故事本身却留存下来。

我还发现了一个故事，名为“醇乐之鸟”，故事里的男人跟着一只歌声甜美的鸟儿走进一个地底的洞穴，在那里他发现了一个国家，他在这个国家流浪了一年零一日，结交了一位女士，在这位女士的帮助下他得以把鸟儿带回自己的国家，而这只鸟儿变成了人。故事末尾，叙述者不经意地提到男人在地底国家遇到的女士就是他的母亲。这顺带的一笔却说明男人游历的国家就是凯尔特神话中的冥府，地下的亡者之国，这句一笔带过的话似乎马上给故事打上了时间标记，至少是爱尔兰信奉基督教之前。

就是在“爱尔兰国王的儿子”(这本集子中的第三个故事)这个看上去普普通通的故事中也保存着一些想必十分古老的元素。我们发现，王子的伙伴中有一些是捷克短篇故事“和山羊在一起的乔治”中的角色，只发生了细微变化。故事里有个一只脚搭在肩上的人，他把这只脚放下来后就可以跳出一百英里远；爱尔兰故事里有个身兼二职的枪手，既是“千里眼”又是“神枪手”，这个角色在捷克故事中则由两个不同的人物充当，一个人目力无穷不得不蒙住双眼，因为一旦摘掉眼罩他就能看到一百英里外的东西；另一个人拿的不是枪而是瓶子，他把大拇指塞进瓶口充当瓶塞，因为一旦拔出大拇指，瓶子里的水就能射出一百英里远。乔治先后雇用了这三人，爱尔兰故事里的王子也雇用了那个一只脚搭在肩上的男人和枪手。乔治想要娶国王的女儿，爱尔兰王子也一样，乔治要完成很多任务，其中一件就是在一分钟之内从一百英里外的井里打回一杯水。“于是，”故事[24]叙述道，“乔治对那个一只脚搭在肩上的人说，‘你说过如果把这只脚放下来你就能跳出一百英里远。’那人回答，‘轻而易举之事。’他把脚放下来，纵身一跳就跳到了一百英里外的井旁。他走了以后剩下的时间不多了，照理他也应该回来了。于是，乔治对第二个人说，‘你说过如果你把眼罩摘掉就能看见一百英里外的东西，现在瞅一瞅，看看那里发生了什么。’‘啊，先生，老天爷！他睡着了。’‘任务要完不成了，’乔治说，‘时间马上要到了。你，老三，你说过如果你把大拇指从瓶子里拔出来水就能射到一百英里远的地方。快，快射，那样他就能醒来了；还有你，快看看他是不是有动静了。’‘噢，先生，他现在起来了，他在拍打身上的灰，他在取水。’接着，他又纵身一跳，回来的时间刚刚好。”这个捷克故事似乎也带着自然神话的痕迹，就如瓦提斯洛先生指出的那样，“那个能跳一百英里远的男人看上去像是彩虹，那个戴眼罩的男人像是闪电，而那个拿着瓶子的男人则是云。”在这一点上，爱尔兰故事表现得比较隐晦，虽然它在其他方面都比捷克故事强，如果没有这个引人注目的斯拉夫民间故事做参照，人们很有可能会认为这个爱尔兰故事是近代才有的故事。捷克故事的发现马上使我们得以把时间往前推三千年，因为，两个故事之间的相似性只有一种假设可以解释，那就是，史前时代的斯拉夫人和凯尔特人从雅利安人的老家带走了这个故事，或者至少是从斯拉夫人与凯尔特人毗邻而居的某个地方，而且，在当时——现在已经不怎么看得出来了——这个故事曾经很可能是一个自然神话。

像这样的神话故事理应被妥善保存，因为它们体现了文明人与史前人之间最后一丝可见的联系。也因为，在先民留下的遗迹中，这些故事作为古物的价值，唯有零星几个被钻了孔的岩石或燧石箭镞能与之相媲美，然而，如今只有在康诺特省某个冒烟的小木屋里，还有忍饥挨饿的农民在讲述这样的故事。

现在该说一说这些故事的讲述人了。从我做的调查研究来看，唯有在最年长、最被忽视、最贫穷的以爱尔兰语为母语的人当中才能找到有能力讲述这些故事的人。说英语的人或者根本不知道这些故事，或者把故事简化压缩得干干巴巴以至于价值尽失。我以前在罗斯康芒郡常常听人讲故事，现在这些讲故事的人几乎都过世了。十年、十五年以前，我常常听到许多故事，却不知道它们的价值。现在，我回到家乡去找它们却找不到了。它们已经逐渐绝迹，这些或许曾在小山坡间流连了几千年的故事，我们永远听不到了；用爱尔兰人的话来说，青草离离流水迢迢，讲过的故事不会再讲。我从一个老人那里收集了几个这样的故事，老人名叫肖恩 · 坎宁安，住在罗斯康芒郡与梅奥郡相接的地方。直到十五岁以前他都没说过几句英语，他就读的秘密学校的老师来自爱尔兰南部，用的教材是爱尔兰语手抄本，我从他那里了解到，这位老师似乎主要要求他背诵爱尔兰语诗歌。后来的老师却在他脖子上绑了一根棍子，每天早上他到学校后老师都要先检查棍子，装作听棍子说话的样子，要棍子汇报他在家说了多少次爱尔兰语。有些学校的老师则要求家长在棍子上做记号，只要孩子没说英语就在棍子上刻一道印记。他那会儿就挨过打，只要说了一个爱尔兰语单词就要挨打，即使那时候他几乎还不会说英语。如今，他的儿女都说爱尔兰语，不过，说得不是很流利，而他的孙辈们就根本不懂爱尔兰语了。他说，他曾一度“有一麻袋的故事”，早都忘记了。他给我讲了一两个故事，他讲的时候孙辈们就靠在他膝旁，不过，很明显，他们一个字也听不懂。他的儿女们嘲笑这些故事都是胡扯。要找最纯正的民间故事，如果还能找到的话，就得去西北部的阿基尔岛，可即使在那儿，年轻人也听不懂这些故事了。我在阿基尔岛听一个四十五岁左右、肤色黝黑、相貌堂堂的男子讲了不少故事，他还能背诵莪相的诗歌，他告诉我，如今他去参加晚上的聚会，每当老人们要他背诗，男孩子们都会跑出去；“他们大概听不懂我说什么，”他说，“他们听不懂的时候，就宁可去听牛低声哞哞。”这就是现状，同样是在一个很多人根本不会说英语的岛上。我不知道阿基尔岛的老师们是不是也在木头上刻记号，不过现在基本不需要了。这个用来消灭爱尔兰语的办法曾在康诺特省和芒斯特省内得到普遍实行真是一个奇特的现象。这样的事情居然在奥康纳尔和那些议会议员们的眼皮子底下发生，当然，也在那些天主教神父和教长们的眼皮子底下，而且得到了他们的许可；据圣路易教堂的基根神父说，这些教长中有些人是以驱逐本教区的爱尔兰语教师，烧毁他们的课本闻达于教会的。这真是命运的讽刺，现如今如果一个外地人说起了爱尔兰语，他一定很有机会被视作敌人；之所以这么说，是因为现在新教徒为了改变“(爱尔兰)土著们”的信仰采取了一些措施[25]，比如发行爱尔兰语《圣经》并派遣一些会爱尔兰语的传教士深入民间传教。换言之，外地人在爱尔兰说爱尔兰语要承担极大风险，会被人当作劝诱天主教徒改宗的英国人，如此合理的荒谬之事在别处一定闻所未闻，只有在爱尔兰这个异类身上才会发生。形势依然毫无顾忌地朝这个方向发展着，在这样的形势下，1847年，也就是饥荒年间，还有不少于四百万人(比全瑞士的人口还要多)使用的纯正的雅利安语言，在几年时间里就和康沃尔语[26]一样成了死语言，有什么可奇怪的呢？可以确定的是，这并非无可避免的，其既无社会必然性也无经济必然性。举世皆知，双语者比只会一种语言的人更具优势，然而在爱尔兰，人们却假装相信后者比前者强。只要这个民族的重要领导人物下次来阿基尔岛的时候说上几句话，就可以让爱尔兰语永葆青春。与爱尔兰语共存的还有古老的雅利安民间故事、莪相诗歌、数不尽的民谣民歌和谚语，以及其他大量有趣的事物，只要爱尔兰语活着，它们就活着，一旦爱尔兰语死了，它们也就死了。然而，出于一些复杂的、我不敢明言的原因，那些在过去六十年里对爱尔兰民族有足够影响力的大人物们一直对与爱尔兰语和爱尔兰民族有关的事物冷眼相待漠不关心，他们反对，或者假装反对，西布列吞主义，实际上却比其他人更身体力行地推动了爱尔兰的英国化，使爱尔兰人被同化为英国人，这种做法与整个现代欧洲通过支持各民族发展其族裔特性从而获取多元优势的理念是背道而驰的。在这一点上，爱尔兰民众也不比他们的领袖人物强，否则怎么会认识不到一个读爱尔兰语手抄本、背莪相诗歌的人要比一个仅通过《联合爱尔兰》报上的文章学习拼写的人更高明、更有趣呢，要知道认清这一点并不需要多少文化[27]。

在这里我要说明的是，收集爱尔兰故事并不像我们想象的那么容易。我们只听说这些故事大致是某某讲的，谁讲的呢？唉，总之就是一个很老的人。我们费了九牛二虎之力想方设法找到这个人，结果却发现，这个人很有可能正忙着呢。如果赶上农作物收割的时候，根本不用去找这个人，除非你准备和他一起熬个通宵，因为他肯定心烦意乱满脑子都是收割作物的事情以至于根本不能告诉你任何东西。如果是冬天，幸运如你赶上他不忙的时候，就得巧施妙计让他把故事讲给你听。半杯威士忌[28]，一袋子烟草，一个关于你自己的故事，都是最好的开场白。你如果一开始就掏出纸笔准备一字一句地记录他的故事，粗心的收集者可能都是这么做的，事情就办砸了，或者说，你就把你的讲述人给惹火了。他不会等你写完你的句子，如果你还喊着，“停，停，等我写完这一句”，他会忘了自己正要讲的内容，那么，你记下来的内容大概不到整个故事的三分之一，尽管你可能以为自己已经把整个故事记下来了。大体来说，你必须做的是：安安静静地坐着，抽你的烟，不要打断他，一丁点儿都不要，哪怕你听不懂他说的词或短语也不能打断他，必须让他用自己的方式讲到最后；接着，你要慎重地赞美他并和他讨论这个故事，然后，仿佛突然想到什么似的对他说，“我得把它写下来。”这样一来，你就能不费力气地把他的故事记下来，当他漏掉整个故事单元的时候，这种情况一定会发生，你这个刚听完故事的人还可以纠正他，如此这般，从他那里听到的故事基本上就完整了。当然，要把这些故事写下来总是不容易的，因为故事里有很多古语和转讹词，这些词的意思你不懂，讲述人也不懂，如果你为了弄明白它们的意思追问得太紧，讲述人就会不知所措或者急躁生怒。

诸君眼前这卷书囊括了《故事集》里大约一半的故事，现在都译成了英语，另有五六个故事给出了爱尔兰语原文同时提供了紧扣原文的英语译文。要把爱尔兰语好好地译成英语实非易事，无论是语言的意境还是风格，没有哪两种雅利安语比它俩更水火不容了。尽管如此，盖尔语的语言习惯还是在很大程度上影响着四分之三的爱尔兰人说英语的方式，很多让英国人吃惊的表达其实译自我们的父辈、祖辈、曾祖辈说的爱尔兰语，其久远程度因地域不同而不同，这些表达自我延续至今，甚至活跃在爱尔兰语几乎销声匿迹的地区。不过，也有成百上千的盖尔语习语在人们说的英语中找不到对应表达，要把它们译得恰到好处是很困难的。艾莱岛的坎贝尔在翻译时就走了极端，为了保留盖尔语的生动性和画面感，他总是拘泥于原文，有时候过于“直译”。比如，遇到“bhain se an ceann deth”时，他不加区别都译作“他把他的头割了下来”，我注意到，这个表达方式被一个现代爱尔兰诗人、议会议员采用。可是，“bain”是个多义词，虽然有“割”的意思，也有“摘、取”的意思，既可以用来表达“割下头颅”也用于表达“摘下帽子”。再比如，坎贝尔总是把“thu”译作“thou(汝)”，平白给故事添了一股酸儒气，这样译其实有些矫饰，于盖尔人而言，盖尔语“thou”就是英语“you(你/您)”，除非特指一人以上，一般不做第二人称复数“你们”理解。坎贝尔的翻译出类拔萃忠实可信，但诸如此类的瑕疵却让人怀疑故事的血统不够纯正，这恰恰是我努力避免的。为了这个目的，我在翻译爱尔兰习语时并非总是选择直译，尽管我用的英语有很多不符合英语母语者的习惯，但这样的英语却是全国各地的爱尔兰人都在使用的。比如，我没有把爱尔兰语“他死了(he died)”译作“他得了一死(he got death)”，尽管这是字对字的翻译，但爱尔兰英语中没有这种表达。但是，我会把爱尔兰语“ghnidheadh se sin”译为“他过去常常做那件事”，这是普通英-爱人表达“过去习惯”的句式结构，英语中没有这种“过去习惯时”。至于过去完成时我基本用不到，爱尔兰语没有过去完成时，说英语的人看上去也不觉得需要用它，他们总是毫不犹豫地说，“我若是知道早就说了”（I' d speak sooner if I knew that），意思是“如果事先知道的话，我早就说了”（if I had known that I would have spoken sooner）。我的译文中不会出现（坎贝尔式的句子）“做这件事是我的成功（it rose with me to do it）”，我把它译为“我成功地完成了这件事”（I succeeded in doing it），这是因为，前者虽是对爱尔兰习语的直译，却尚未成为英语的习惯表达。我会说“他做了这件事而且他醉了”（he did it and he drunk），而不说“他喝醉酒的时候做了这件事”（he did it while he was drunk），因为前者（对爱尔兰语的直译）是爱尔兰说英语的人普遍使用的句子。有时候，某个爱尔兰语词句在英语中找不到对应表达，我就像人们在一般语言情境下常做的那样，尽我所能地用英语解释爱尔兰语原文。

最后，唯有感谢可作结语。我要感谢阿尔弗雷德·纳特先生为充实这部集子付出的辛劳，感谢他忍耐爱尔兰印刷商的拖延迟滞，于印刷商而言，排印爱尔兰语非常困难，以至于近来很多爱尔兰人想改用罗马字母印制爱尔兰语；我还要感谢可亲的尤金·奥格罗尼神父，他任劳任怨地阅读、修改我的爱尔兰语校样，感谢他在各种场合给予我的帮助。

1 “Pale”意为“栅栏”，起初指的是都柏林周围方圆数百英里英国派兵驻守的地区，其边界随着英国在爱尔兰的殖民扩张而有所变动，并不固定。一般而言，佩尔地区指14世纪起英国在爱尔兰的“直辖区”。——译者注

2 “西布列吞人”是对爱尔兰亲英派的贬称。自1800年的《合并法案》后，亲英的“联合派”就把爱尔兰称作“西不列颠”，强调英国对爱尔兰的影响。——译者注

3 如果王尔德夫人懂爱尔兰语，她或许是从一首赞美帕特里克·萨斯菲尔德的流行歌谣中引用了这句话，人们还没忘记这首歌谣：

帕特里克·萨斯菲尔德，你与神同在，
祝福你脚下的土地，
愿太阳和月亮的祝福与你同在，
从威廉王手中，你赢得胜利。
噢，哦。

这首歌谣本可以很好地说明她的观点。遗憾的是，王尔德夫人找的爱尔兰语合作者（为她翻译爱尔兰语的人）也和她一样令人瞠目，或者说，不怎么让人满意。所以，她把bo-banna（其实是bo-bainne，意为奶牛）说成一头“白色的牛”；把tobar-na-bo（牛之井）说成“白色牛之井”；她还说Banshee源自van“女性”——（bean的意思是“一个女人”）；她以为Leith Brogan——即leprechaun——是“土话的发明者”，其实这个词指的是半只鞋或一只鞋，又或者，据斯托克斯称，这个词不过是locharpan的讹误；还有，她把tobar-na-dara（大概是“橡树一井”）当成“泪之井”，等等。当然，在爱尔兰，对爱尔兰语一无所知非但不是不光彩的事，反而还可用来自夸，哪怕写作的对象就是爱尔兰。

4 他一次又一次地把安睡别针（a slumber-pin）说成bar an suan，显然是误把bioran“一口别针”中的an当作了定冠词an。类似的错误还有slat an draoiachta，应为slaitin或statán draoigheachta。他还说，innis caol（狭窄的岛屿）的意思是“灯岛”、gil an og的意思是“青春之水”等等。最奇怪的是，基于他对爱尔兰的社会研究，他多半知道爱尔兰的本土禽类中没有鹳鸟（stork），可他还是讲述了一个杀死并烹煮一只鹳鸟的故事。显然，他是把一个常见词sturc，即公牛或大型动物，也有可能是把torc，“一只野猪”，错误地理解为鹳鸟。有可能是他的翻译出于好意误导了他，因为在英语母语者和盖尔语母语者听起来，sturck都是一个常见词，只不过，这个词在我们简陋的字典里是找不到的。

* 安睡别针，或者别针魔法，是盖尔语故事里的一个母题，比如，在“爱尔兰国王的儿子”这个故事里，东方女巫把安睡别针放在国王儿子的脑袋下面，他便进入了梦乡。——译者注

5 比如：“基尔·亚瑟去那儿杀了尼弗西恩以及他手下的人和兽——没留一个活口”；或者，“可就在那一瞬间它消失了——自己离开了”；又或者，“它总是赢——不过赢得不光彩”，等等。

* 原文Kill Arthur似为印刷错误，应为Kil Arthur，他是爱林国王的儿子。亚瑟的妹妹，爱林国的公主嫁给了一个异国男子，海王尼弗西恩趁公主的丈夫去爱林的时候抢走了她，于是亚瑟从爱林赶来杀了海王和他的手下，救回了他的妹妹。——译者注

6 海德博士的《故事集》（*Leabhar Sgeulaighteachta*）出版于1889年，是第一部爱尔兰语的民间故事集。——译者注

7 苏格兰原本是皮克特人的王国，公元470年，爱尔兰岛安特里姆郡北部达里阿塔王国的王子跨海来到苏格兰创建了“东方盖尔国”，盖尔苏格兰的历史从此开始。——译者注

8 海德说的故事单元（incident）指的是一个故事中相对独立的、相对完整的部分，有点像我们今天说的“梗”。——译者注

9 我相会创办于1853年的圣帕特里克日，这个文学学会以古诗人我相的名字为名，学会宗旨是保存并出版流传下来的爱尔兰语手抄本，为这些抄本提供翻译并做注释。——译者注

10 奥格罗尼神父曾经提醒我，这个词可能是爱尔兰语fathach的“俗称”之一，意为“一个巨人”。在苏格兰盖尔语中，巨人通常称为“famhair”，与爱尔兰历史神话中的海盗“fomhor”应为同一个词。

11 坎贝尔的《西部高地的流行故事》，第四卷，第327页。

12 我第一次读到这个故事是在一个颇具代表性的手抄本里，这一类的手抄本曾经多得很，遍布全国。然而，奥康纳尔和那些议会议员们在天主教教长们的帮助下获得影响力和领导权之后却对盖尔文化十分冷漠，叫停了与爱尔兰真正相关的一切，反而主张教人们说英语、指靠伦敦、读报纸。我读到的这个手抄本的作者叫萧洛塞 · 麦克因尼琴尼亚，我不知道他是什么人，这个黑色的抄本布满灰尘，散发着泥煤的烟熏味，书角也因反复阅读出现了磨损。除了上面提到的故事，抄本里还有一些别的故事，如“库胡林的成长岁月”“康利赫之死”“西班牙国王的儿子”等等，以及许多与莪相有关的诗和表达哀伤的挽歌。人们过去经常在晚上围聚一堂听人讲述这些故事，我相信，任何理解这些抄本内容、欣赏这些诗歌之韵律美的人都不会赞同我们那些代表们信口表达的意见，说什么让人们读报纸比让他们学那些无用之物要强。

* 海德说的“时新”是相对于民间故事悠久的口传“历史”而言。——译者注

13 铺叙（run）指的是民间故事尤其是英雄传奇里以晦涩难懂的古语叙述的诗文，有的铺叙就是说爱尔兰语的人也不懂，不同的铺叙有不同的爱尔兰语称谓，比如，战争场面的铺叙叫作cóiriú catha、准备起航的铺叙叫作cóiriú farraige等。——译者注

14 这是坎贝尔的误译。我认为这一句的意思是“从那洪水之源的尽头来”。

15 坎贝尔的理解又错了，碰到爱尔兰语他有时候就会出错。Siogaidh的意思是仙子、精灵。

16 “第一杯酒”是一种特权。在中世纪的宴会上，国王总是把“第一杯酒”赐给自己最看重的臣属，比如，在奥多德国王的登基大典上，他把“第一杯酒”赐给了首席重臣奥吉万，奥吉万喝酒之前先把“第一杯酒”呈给了主持典礼的诗人麦克菲尔比希。——译者注

17 《伦斯特书》（*The Book of Leinster*）完成于1201—1224年间，是现存最重要的中世纪爱尔兰语抄本之一，书中的诗歌和散文多讲述伦斯特历史上的国王和英雄的故事，包括“迪尔德丽传奇”最老的版本。——译者注

18 九质尼尔王（Niall of the Nine Hostages）是公元4—5世纪的爱尔兰国王，据称公元6—10世纪期间统治爱尔兰北部的尼尔王朝的国王都是他的后代。尼尔王打败了周围的邻国，传闻他的战俘包括苏格兰人、撒克逊人、布列吞人（the Britons）、法兰克人和五省爱尔兰人，因此得名“九质尼尔王”。——译者注

19 我这里还有第三个手抄本，抄写者是家住克莱尔的现代人多姆纳尔 · 麦克 · 康撒丁。我发现，这个抄本写的是“康斯坦丁皇帝”（the Emperor Constantine）而不是“君士坦丁堡的皇帝”（the Emperor of Constantinople）。在《手稿资料》第319页，奥科里把“康纳尔 · 古尔班”和其他一些故事的时间定在一千年以前，但是，从“与突厥人的战争”来看，至少目前这个版本的时间要晚得多（“与突厥人的战争”是整个故事的起因，不可能是某个无知的爱尔兰抄写人画蛇添足，因为高地传统版本中也是这么说的）。苏格兰盖尔语故事没有提君士坦丁堡，所以这个故事有可能——尽管我认为几乎不可能——起源于十字军东征时期。

20 我在一个六百多页的大部头抄本中看到，故事的时间是1749年，1812年沃特福德的劳伦斯 · 福伦用羊皮把六百多页手稿装订在一起，这个抄本是多尔蒂先生给我的。

21 “一个出门学习害怕为何物的小伙子的故事”收录在《格林童话故事集》中，汤普森把这类故事描述为“一个男性主人公未能成功地学会害怕，这使他终于明白了生命之有限”。这个故事有不同的版本，大致是这样的：
一个父亲有两个儿子。父亲问小儿子想学点什么本事谋生，小儿子说他想学发抖。教堂司事对父亲说他可以教小儿子。司事告诉小儿子如何敲响教堂的钟，然后吩咐他半夜去敲钟，司事自己则打扮成鬼的样子跟在男孩身后。男孩看见“鬼”便问“鬼”要干什么，司事不回答，男孩便毫无惧

意地把“鬼”推下楼梯，司事因此摔断了腿。男孩的父亲吓坏了，把男孩赶出了家门。男孩到处向人求教如何发抖，他总是说，“我要是会发抖就好了！”一个人建议他晚上待在绞刑架下，那里吊着七具尸体。男孩照做了，还生了火过夜。吊着的尸体在风中摇晃，男孩想尸体一定很冷，便砍断绞绳把他们放置在火旁，火烧着了尸体的衣服，他们却一动不动，男孩觉得他们太不小心，一怒之下又把他们挂回绞刑架。后来，男孩和一个车夫同行，一天晚上两人去旅店投宿，旅店主人对他说，如果想学会发抖就去附近的鬼堡，只要他能在鬼堡连续待上三个晚上，就能学会发抖，还能赢得国王的女儿以及城堡里无数的财宝。很多人都试过，却无人成功。男孩去见国王，国王同意了他的请求并且告诉他可以带三样东西去城堡。男孩便要求带上火把、车床和一块带刀的砧板。第一个晚上，男孩坐在房间里，角落里传来两个声音，抱怨天冷。毫无惧意的男孩对声音的主人说你们真笨，都不知道生火取暖。两只黑猫突然从角落里跳出来，看见一脸平静的男孩便提议玩扑克游戏。男孩使计用带刀的砧板套牢了两只猫。黑乎乎的房间里出现了很多黑猫和狗，男孩用刀杀了这些猫和狗。接着，黑暗中出现了一张床。男孩躺在床上准备睡觉，床却在城堡里到处走动。男孩还是不害怕，还催促床走快一点。床把他掀翻在地，可这个不害怕的男孩把床推向一边，自己去火旁睡到天亮。第二天晚上，一个半截身子的男人从烟囱里滚下来。这个不害怕的男孩冲着烟囱喊，“还需要另一半身子。”另一半身子听到男孩的声音也从烟囱里滚下来，两截身子合为一体。更多男人出现了，他们用颅骨和死人腿玩九柱戏，男孩觉得有趣，就用机床把颅骨打磨成球。他和男人们玩到半夜，直到他们消失在空气中。第三天晚上，男孩听到一阵奇怪的噪音。六个男人进了他的房间，还扛着一口棺材。男孩还是不害怕，但有些心烦意乱，因为他认为棺材里的尸体是他死去的表兄。他努力让尸体暖和起来，尸体活了过来，奇怪的是，活过来的尸体却威胁要勒死男孩。男孩为他不知感恩感到生气，合上了棺材盖。一个老男人听到动静跑出来，他对男孩吹牛说可以把铁砧锤到地里。老人带着男孩来到地下室，当他向男孩展示自己的戏法时，男孩敲裂铁砧把老人的胡子卡在裂缝里，用铁棒打他。男人害怕求饶，向男孩展示了城堡里所有的珍宝。第二天早上，国王告诉男孩他赢得了自己可爱的女儿。男孩同意了，可他还是为没学会发抖感到失望。结婚以后，男孩一直抱怨自己不会发抖，这让他的妻子无比烦恼。她实在没办法了，叫人打来一桶溪水，水里都是小鱼。在她丈夫睡觉的时候，公主把这桶冰凉刺骨的水倒在他身上。男孩醒来的时候发着抖，叫嚷着他终于知道什么是发抖了，可他还是不知道真正的害怕是什么。——译者注

22 水马指的是在湖边、水边流连的马形的精灵。——译者注

23 莱斯教授把库胡林与赫拉克勒斯相提并论，称他们都是太阳神。然而，我们这个故事对库胡林并无影射，与琉善说的那个凯尔特的赫拉克勒斯就更无联系了。

24 选自瓦提斯洛的斯拉夫民间故事。

25 “改变爱尔兰土著们的信仰”说的是英国新教徒试图改变爱尔兰人的天主教信仰，使之皈依新教的行为。宗教改革运动引发了翻译《圣经》、回到《圣经》的热潮，也使得《圣经》成为新教的重要象征。最早的爱尔兰语《圣经》由新教徒于17世纪翻译完成，据统计，1749到1854年间爱尔兰出版的全本和节本《圣经》多达七十多个版本。在19世纪初的爱尔兰，天主教会认为新教徒以《圣经》为工具劝诱天主教徒改宗，因此，对《圣经》的态度说不上欢迎。事实上，直到第二次梵蒂冈大公会议之前，爱尔兰天主教会都不鼓励普通教众读《圣经》。——译者注

26 康沃尔语（Cornish）是曾经流行于英国康沃尔郡（Cornwall）的古老的凯尔特语言，属于凯尔特语的布列吞语支（Brythonic branch, Brythonic，古威尔士语，也作Brittonic）。布列吞语包括威尔士语、康沃尔语和布列塔尼语（Breton，源自古法语，也作Briton），布列塔尼语源于康沃尔语，威尔士语

33 和康沃尔语在盎格鲁-撒克逊征服之后继续使用，但康沃尔语在17、18世纪逐渐消亡。——译者注

27 不幸的是，在处理爱尔兰语这一问题上爱尔兰各阶层的政客似乎达成了一致意见，然而，直到一百年前，这个民族的历史都是由爱尔兰语守护珍藏的。那些议员的无所作为，或许有其不甚明朗的可理解之处，却显得既短视又矛盾，至少在我看来是如此；他们试图构建一种民族性可同时又在破坏最能区别和定义该民族性的东西，或者说，允许其遭受破坏。这就是“要做砖头却没有稻草”（用中国人的俗语来说，就是无米之炊。——译者注）。在这一点上，那些不是议员的民族主义者似乎也毫无异议，至少在爱尔兰是如此。我惊讶地发现，那位最受该政党尊敬的先生*出版了一篇广为流传的讲稿“什么是爱尔兰人应该知道的”，给爱尔兰科克的年轻人提了些建议，大意是：“首先，我要以一种否定的方式提出建议。你们都知道很多东西是用爱尔兰语写的。这非常重要，尤其对于那些与我们的早期历史相关的东西而言，这些东西必须成为学者们重点研究的对象。然而，你们，或者说你们中的大多数人，以后都不会以学术研究为业，正因如此，我给你们的建议很简单，尤其是你们中那些不懂爱尔兰语的人——不要管那些用爱尔兰语写的东西，或者说，满足于你们能够很容易地在哈迪曼、布鲁克小姐、曼根以及西格森的专栏中读到的、翻译过来的东西。”那位自称毕生追求之最重要者莫过于“建立爱尔兰民族国家”的先生就是这样开篇的，他建议爱尔兰的年轻人不要学习先祖们的语言，建议他们去阅读哈迪曼和布鲁克小姐为辉煌的盖尔语诗歌提供的零星的、可怜的译文。这种教育产生的结果可想而知。不久前一个十分有名的都柏林二手书书商告诉我，过去几年内他经手的爱尔兰语手抄本多达二百卷。书贩子们在全国各地收购爱尔兰语手抄本，在卡文、莫纳亨和很多其他郡只需花费几个便士就能买到，他从书贩手里买到这些手抄本后再把它们销往四面八方，尤其是美国、澳大利亚和新西兰。这些手抄本中一定有很多珍品稀品，里面的内容在别处是找不到的。如今，这些几乎都找不回来了，在爱尔兰却没人知道也没人关心。在美国则不是这样，全世界所有国家中美国更懂得这意味着什么，最近那次芝加哥大会**通过的第五决议案就是关于爱尔兰语的。

* 海德说的是约翰 · 奥利里（John O' Leary，1830—1907），奥利里深受诗人、“青年爱尔兰运动”领袖托马斯 · 戴维斯的影响，曾参加1848年起义，是芬尼亚运动的组织者之一，在1866年被判罪入狱前一直是爱尔兰共和兄弟会（Irish Republican Brotherhood）的主席。出狱后他在巴黎生活了十多年，1885年回到都柏林，作为老一辈革命家受到年轻一代民族主义者的礼遇。帕内尔倒台后，他组织爱尔兰民族主义者对爱尔兰议会党（the Irish Parliamentary Party）进行抵制，但客观来说，步入晚年的奥利里在爱尔兰政治、文学圈里发挥的作用仅限于象征层面了。奥利里终生追求一种世俗化的民族主义理想，希望爱尔兰出现一个与教会分离的民族主义政治精英阶层，叶芝因此称他为“浪漫的爱尔兰”（Romantic Ireland）的守护人。——译者注

** 海德提到的“芝加哥大会”所指不详，原文为“the last great Chicago Congress”。从一篇题为“19世纪美国的盖尔语复兴”的研究文章中我们得知，19世纪下半叶美国的爱尔兰移民为保护爱尔兰语做了很多努力。很多报纸开辟了爱尔兰语专栏，1857年，《爱尔兰美国人》首次在语言栏目中刊载爱尔兰语文章，从1860年开始，《美国凯尔特人》（圣路易）、《公民》（芝加哥）、《爱尔兰回声》（波士顿）都登载了很多爱尔兰语文章。此外，各地纷纷建立了爱尔兰语协会，协会吸引、组织了很多爱尔兰移民，比如，布鲁克林协会的会员常常带着孩子参加会议，纽约协会则资助举办了盖尔语音乐会和语言学习班。海德此前提到的美国绅士耶利米 · 柯廷是威斯康星人，90年代去爱尔兰收集整理出版了三部爱尔兰民间故事集，为保护爱尔兰语做出了贡献。海德显然十分重视美国的爱尔兰语复兴运动，1893年他领导的盖尔语盟在爱尔兰成立，很快盖尔语盟的美国分支也成立了。——译者注

28 ishka-baha是爱尔兰语Uisce beatha的音译，指的是威士忌，意为“生命之水”。——译者注

裁 缝 和 三 只 野 兽

很久以前，高威有一个裁缝，以裁剪缝补为生。有一天，他看见一只跳蚤从布料里头跳出来，就拿起缝衣针朝跳蚤扎过去，把跳蚤扎死了。于是，他对自己说："我能把那只跳蚤扎死，我难道不是一个大英雄吗？"

后来，他说他必须去一趟黑池（都柏林）[1]，去看看国王的宫殿，试试他能不能把它盖好。国王的宫殿盖了很长时间了，可是，白天盖多少夜里就被推倒多少，一直都这样，所以没人能把它盖好。推倒它的是三个巨人，他们总是夜里跑来推倒白天盖好的部分。第二天，裁缝带着他的工具，一把铁锹和一把铁铲，出发了。

裁缝没走多远遇到了一匹白马，白马和他打招呼说："神保佑您，您这是要去哪里呀？"

裁缝回答说："我要去都柏林，去为国王盖宫殿，还要找一位女士做妻子，如果我有能耐的话。"这是因为国王曾经许诺过，谁能为他建成宫殿，他就把自己的女儿嫁给那个人，还会送上一笔丰厚的嫁妆。

"您能帮我挖一个洞吗？"老白马问裁缝，"有了这个洞，每当有人来抓我去推磨烧窑的时候我就能把自己藏起来，躲进洞里他们就看不见我，不然，我就得为他们一直干苦活直到累死。"

"好吧，我为你挖个洞，"裁缝说，"我很乐意。"

他拿出铁锹和铁铲挖了一个洞，然后，他要求老白马钻进洞里，让他看看洞的大小是不是合适。白马钻进洞里，可是，当他想从洞里出来的时候却发现自己出不来了。

"请您帮我把洞挖大一点，我饿的时候就能从洞里出来。"白马对裁缝说。

“我不挖了，”裁缝回答道，“你待在洞里等我回来，到时候我再把你从洞里拉出来。”

第二天，裁缝继续往前走，看见了一只狐狸。

“神保佑您。”狐狸说。

“神和圣母保佑你。”

“您这是要去哪里呀？”

“我要去都柏林，去试试看我能不能把国王的宫殿盖好。”

“您能帮我找一个藏身的地方吗？”狐狸问道，“其他狐狸都打我欺负我，不让我和他们一起吃任何东西。”

“我帮你找个地方。”裁缝回答道。

裁缝随身带着斧头和锯子，他用斧头砍了些芦苇秆，用芦苇秆做了一个东西，你如果看到了一定会说这东西像个鱼篓。他要求狐狸钻进去让他看看篓子的大小是不是合适。狐狸钻进鱼篓，裁缝等狐狸钻进篓子深处后用大腿啪的一声堵住了篓子口。狐狸终于找到了藏身的好地方，心里十分满意，他让裁缝把他从篓子里放出来，裁缝却不答应。

“你在篓子里等着，等我回来。”裁缝说。

第二天，裁缝继续赶路，没走很远他又遇到了一只莫德阿拉(狮子)。狮子和他打招呼，问他要去哪里。

“我要去都柏林，为国王盖一座宫殿，如果我做得到的话。”裁缝回答。

“如果您能帮我做一把耕地的耙犁，”狮子说，“我和其他狮子就能用它来犁地，等到收割的时候我们就有一口吃食了。”

“我来帮你做一把耙犁。”裁缝回答。

他拿出斧头和锯子做了一个耙犁。耙犁做好后，他在犁柄上钻了个孔，然后，他要求狮子套上耙犁，让他看看狮子是不是个好农夫。他把狮子的尾巴塞进事先钻好的孔里，又用夹子夹住，这样一来狮子就没法把尾巴拔出来了。

“请您放开我，”狮子说，“我们做好准备就要去犁地啦。”

裁缝回答说，在他回来之前不会把狮子放出来。于是他把狮子留在那儿去都柏林了。

到都柏林以后，裁缝贴出一张告示，请所有参与盖宫殿的工匠到他这里来，他付工钱给大家。那时候，工匠们辛苦一天只能得到一个便士。第二天，来了很多工匠，他们开始为裁缝干活。工匠们完成了白天的工作后正准备回家，裁缝对他们说：“把那块大石头立起来，放在已经盖好的房子上面。”工匠们立起大石头放在盖好的房子上面，裁缝在大石头下放了一个机关，一旦巨人靠近，他就可以启动机关把巨石推倒。工匠们回家了，裁缝却留下来躲在巨石后面。

那天夜里，裁缝看见三个巨人走进工地，他们一边走一边推倒白天盖好的部分。走到裁缝藏身处的下方时，一个巨人突然拿起铁锤向裁缝藏身的地方砸过去，裁缝推倒巨石，巨石倒向巨人，把他砸死了。少了一个同伴，另外两个巨人便不再继续破坏剩下的宫殿，回家去了。

第二天，工匠们回到工地继续干活，到了晚上，工匠们正准备回家时，裁缝又对他们说：“把那块巨石立起来，放在盖好的房子上面，就像昨天晚上那样。”工匠们按他说的做了，等他们回家以后，裁缝留下来躲在昨天晚上藏身的地方。

所有人都上床睡觉后，那两个巨人来了，他俩看到什么就破坏什么，动手搞破坏时还要大吼一声。裁缝一直在操控那个机关，巨人一靠近他就推倒巨石，巨石倒下来的时候压死了站在下方的巨人，砸碎了他的天灵盖。现在只剩下一个巨人了，宫殿盖好之前这个巨人再也没来过。

工程结束后裁缝去见国王，要求国王把公主和钱财赐给他，因为他把宫殿盖好了。国王对裁缝说，在他把第三个巨人杀死之前不会把公主嫁给他做妻子，因为他之前不是凭自己的力气杀了那两个巨人，除非他把第三个巨人也杀了，否则他什么都得不到。于是，裁缝说，他会为国王把第三个巨人也杀了，他乐意效劳，而且，毫不迟疑，马上去办。

说完，裁缝就出发了。他到了第三个巨人住的地方，问巨人要不要男仆。巨人说他正想要一个，又问裁缝能不能帮他找一个这样的男仆——巨人做什么，这个男仆也做什么。

“你愿意做的任何事，我都愿意做。”裁缝对巨人说。

于是，他们一起去吃饭。吃完饭，巨人问裁缝能不能像他一样直接从热气腾腾的锅里舀肉汤喝，而且巨人喝多少他也喝多少。裁缝回答说：“我可以，不过喝汤之前你必须等我一个小时。”说完，裁缝出门找来一张羊皮，用羊皮缝了一个口袋，把口袋塞到自己的外套下面。然后他走进屋里，要求巨人先喝一加仑肉汤，巨人从热锅里舀出一加仑肉汤喝完了。“我要喝汤了。”裁缝说，他装作喝汤，其实把汤都倒进了羊皮袋子里，巨人却以为他把汤喝进了肚子里。巨人又喝了一加仑，裁缝也往羊皮袋子里又倒了一加仑，巨人还是以为他把汤喝进了肚子里。

“现在我要做一件你做不了的事。”裁缝对巨人说。

“你别想,”巨人说,“你要做什么事?”

“我要打一个洞,让肉汤都流出来。”裁缝回答。

“你先来。”巨人说。

裁缝用刀尖戳破外套下面的羊皮袋子,让肉汤从袋子里流出来。

“轮到你了。”裁缝对巨人说。

“我来。”巨人说着便把刀戳进肚子,把自己扎死了。就这样,裁缝杀死了第三个巨人。

他回去找国王,要求国王把公主和钱财赐给他,他说,如果国王不把公主嫁给他做妻子,他就把宫殿推倒。他们害怕他真去把宫殿推倒,就把公主送出宫廷给他做妻子。

裁缝和他的妻子才离开一天,他们就后悔了,他们追出来想从裁缝身边夺回公主。这群人一路追踪直到看见那只狮子,狮子告诉他们:“裁缝和他的妻子昨天路过这里。我看着他俩离开的,我比你们跑得快,如果你们放了我,我可以追上他俩。”他们听了以后就放了狮子。

狮子和这群都柏林人继续追裁缝,直到遇见那只狐狸,狐狸和他们打招呼说:“裁缝和他的妻子今早路过这里,如果你们放我出来,我比你们跑得快,我来追,我能追上他俩。”于是他们就放了狐狸。

狮子、狐狸以及都柏林大军接着赶路,想要抓住裁缝。他们追啊追,直到遇见那匹老白马,老白马告诉他们,裁缝和他的妻子早上刚路过，“放我出来，”他说，“我比你们跑得快，我能追上他俩。”他们把老白马放出来，于是，老白马、狐狸、狮子，还有那支都柏林大军一起追赶裁缝和他的妻子。不多久，他们追上了裁缝，看见裁缝和他的妻子就在他们前面。

裁缝看见他们追过来就和他的妻子从马车里出来，一屁股坐在地上。

老白马看见裁缝一屁股坐在地上就说：“那是他帮我挖洞时的姿势，我进洞以后就爬不出来了。我可不能再靠近他了。”

“是的，”狐狸也说，“他帮我做那个东西的时候就是这个样子，我也不能再靠近他了。”

“是的，”狮子也说，“他帮我做那把拴住我的耙犁时就是这个样子，我也不能再靠近他了。”

于是，他们都从裁缝身边走开，回家去了。裁缝和他的妻子回到高威的家。他们送给我一些稠牛奶，用纸袜纸鞋装着。后来我把它们弄丢了。他们有浅滩，我有小水塘[2]；他们淹死了，我还好好的。

1 都柏林源自爱尔兰语“Dubh Linn”，意思是黑池（black pool）、深水湖，原指丽菲河及其分支波多河交汇处形成的水域。——译者注

2 Flash的爱尔兰语是lochán，意为小湖或者水池。很多故事讲述人不说“我有小水塘”而说“我有小石屋”，爱尔兰语clochán意为踏脚石、石头屋。

* 相应的苏格兰语为clachan，常指有教堂的小村庄；也指零星的小屋舍。这个词源于盖尔语clach，意为石头。Clachan最早指德鲁伊人为祈祷、祭祀而立的石头，表达他们对自然神灵的敬畏，后来用作墓地的标记，再后来就指有教堂的村庄了。——译者注

布　　兰

芬恩有一条超级棒的猎犬。那就是布兰。你听说过布兰吧，布兰浑身的毛色是这样的：

四只黄脚是布兰的脚，
两侧黝黑是身子，中间是个白肚子，
背部浅灰与被猎的鹿一个颜色，
还有两只红耳朵，又小又圆有生气。

布兰可以追上野雁，她跑得飞快。她还是小狗的时候，芬尼亚勇士们的猎狗之间吵起架来，互相大打出手。

六十只猎狗和二十只小狗，
布兰都杀了，她只是一只小狗，
还有两只野雁，总共有这么多。

是芬恩亲手杀了布兰。他们一起出门打猎，芬恩的母亲被变成了小鹿。（谁把她变成了鹿？噢，我怎么知道？就是用了些他们的魔法呗。）布兰去追小鹿。

蠢鹿快逃，别留在山上。

芬恩对鹿说。“噢，年轻人，”小鹿回答道，“我怎么逃？——

如果我跳进下面的海里，

就再也回不来了，
如果飞到天上，
我的速度又快不过布兰。”

“从我的两腿之间跑过去。”芬恩说。

小鹿就从芬恩的两腿之间跑过去，布兰继续追，当布兰也从芬恩的两腿间跑过去时，芬恩用两只膝盖夹住她，把她夹死了。

布兰有一个女儿，是只黑色的小狗，芬尼亚勇士们把她养大。芬尼亚勇士告诉那个照顾小狗的女人，要从一头浑身没有一个斑点的奶牛身上挤出奶来喂养这只小狗，还要让小狗喝光每一滴奶，不能让她少喝一星半点[1]。那个女人没有照做，她留下一些奶，没把这些奶喂给小狗喝。

这天，芬尼亚勇士们第一次带着这只年轻的猎狗出门，峡谷里到处是野雁和其他鸟儿；他们放开小黑狗，小黑狗撒着欢四处抓鸟，几乎所有的鸟都被她抓住了，只有很少的几只趁乱逃出生天。(她怎么抓得住野雁？野雁不都在天上飞吗？反正，她就是抓住了。我就是这么听来的。)如果不是那个女人留了一些牛奶没喂她喝，她一定把那些鸟都杀了。

芬尼亚勇士中有一个男人，是个瞎子，小黑狗被放开后，他问旁边的人这只年轻的猎狗做了什么。人们告诉他，这只年轻的猎狗几乎杀死了峡谷里所有的野雁和鸟儿，只有少数几只趁乱逃了。"如果她把那只没有斑点的奶牛的奶都喝光，"瞎子说，"就不会放掉一只鸟儿。"他又问："那只狗是怎么回来的？""她现在正往回跑呢，"他们回答，"脖子里喷出一团火云，"(脖子里怎么会喷出一团云？因为她跑得快啊。)"看她跑得多疯。"

"请答应我的请求，"瞎子说，"请让我坐在椅子上，在我手里放一块煤[2]，如果我不杀了她，她就会杀了我们。"

黑狗跑过来了，瞎子拿起煤朝黑狗扔过去，把她杀了，他是个瞎子。

如果那只小狗喝光了所有的牛奶，她就会跑过来，安安静静地躺下来，像布兰一样，布兰以前总是习惯安安静静地躺着。

1 Tint就是一滴，或者一点点液体，在康诺特和爱尔兰境内的大多数郡县，说英语的人都使用这个词。

2 爱尔兰语是Gual。

爱 尔 兰 国 王 的 儿 子

很久很久以前，有一个爱尔兰国王的儿子，他出门时总是带着一把枪和一条狗。有一天，外面下着雪。国王的儿子杀死一只乌鸦。乌鸦摔落在雪地里。国王的儿子从来没见过比这雪更白的东西，也没见过比乌鸦的头更黑的东西，乌鸦的血汩汩往外流，他从来没见过比乌鸦的血[1]更红的东西。

国王的儿子就这样中了魔法[2]，在那一年里，他不能在同一张桌子上吃两顿饭，也不能在同一座城堡里睡两个晚上，除非他能找到一位头发像乌鸦的头一样黑，皮肤像白雪一样白，两颊像鲜血一样红的女人。

这世上没有女人有那样的黑发、雪肤和红颜；唯一的一个，住在东方世界。

第二天国王的儿子就出发了，钱不多，他随身带了二十镑。走了没多远，国王的儿子遇到一支送葬的队伍，他说我不妨跟着尸体一起走三步。没等他走完三步，就来了一个男人，这个男人把一张传票放在尸体上，索要五镑钱。那时，爱尔兰有一条法律规定，任何人只要欠着别人的钱（即任何债务人），如果过世之前没把债务还清或者没得到债主的许可，这个人的亲人就不能埋葬他。国王的儿子看见那个死人的儿女们号啕大哭，却没钱还给要债的男人，就对自己说："这些穷人没有钱，太可怜了。"说着他把手伸进自己的衣袋里，掏出五镑钱为那个过世的人还了债。然后，他说他想跟着这群人去教堂看着尸体下葬。这时，又来了一个男人，他把一张传票放在尸体上，索要五镑钱。"既然我已经给了五镑，"爱尔兰国王的儿子对自己说，"不妨再给五镑，也好让这个可怜人入土为安。"于是他又付了五镑。现在，他只剩下十镑了。

没走多远，他遇到一个绿皮肤的矮个子男人，男人问他要往哪里去。国王的儿子回答说他要去找一个住在东方世界的女人。绿皮肤的小矮人问他需不需要一个男仆，他说需要，并问小矮人想要多少工钱。小矮人说，如果国王的儿子能娶亲，他妻子的初吻就可以作为工钱。爱尔兰国王的儿子回答说他一定会得到这个吻。

没走多远，他们又遇到一个男人，男人手里端着一把枪，正在瞄准一只东方的黑鸟，他大概是想把这只鸟打来做晚餐。绿皮肤的小矮人对国王的儿子说，如果这个男人愿意，国王的儿子不妨雇用这个男人做他的仆人。爱尔兰国王的儿子于是上前问这个男人是否愿意做他的仆人。

“我愿意，”男人回答道，“只要有工钱。”

“你想要多少工钱呢？”

“一座有花园的房子吧。”

“只要我此行成功，你就能得到一座有花园的房子。”

爱尔兰国王的儿子继续赶路，和他同行的有绿皮肤的小矮人，还有那个拿枪的男人。没走多远，他们又遇到一个男人，这个男人的耳朵垂到地上，正在听青草生长的动静。

“您不妨雇用这个男人做您的仆人。”绿皮肤的小矮人说。

爱尔兰国王的儿子于是问这个男人是否愿意做他的仆人。

“如果能得到一座有花园的房子，我就给您做仆人。”

“只要我心想事成，你就能得到一座有花园的房子。”

爱尔兰国王的儿子继续赶路，和他同行的有绿皮肤的小矮人，那个拿枪的男人，还有那个长耳朵男人。没走多远，他们又遇到一个男人，他的一只脚搭在肩上，这个男人有块地，地里跑的都是野兔，却没有一只野兔跑出这块地，也没有一只野兔跑进来。国王的儿子很好奇，就问这个男人为什么要把一只脚搭在肩膀上，这样做有什么道理。

“噢,”男人回答,“如果两只脚都踩地我就会跑得飞快，一下子就看不见了。”

“你愿意做我的仆人吗？”国王的儿子问道。

“如果能得到一座有花园的房子，我就给您做仆人。”

“只要我心想事成，你就能得到一座有花园的房子。”

爱尔兰国王的儿子继续赶路，和他同行的有绿皮肤的小矮人，那个拿枪的男人，那个长耳朵男人，还有那个脚搭在肩上的男人。没走多远，他们又遇到一个男人，这个男人正在用一只鼻孔喷气，喷出来的气把风车吹得直转，同时他还用手指头堵住了另一只鼻孔。

“你为什么用手指头堵住鼻孔啊？”爱尔兰国王的儿子问道。

“噢,”男人回答说,“如果两个鼻孔同时喷气，我就会把整个风车都吹到天上去了。”

“你愿意做我的仆人吗？”

“如果能得到一座有花园的房子，我就给您做仆人。”

“只要我心想事成，你就能得到一座有花园的房子。”

爱尔兰国王的儿子继续赶路，和他同行的有绿皮肤的小矮人，那个拿枪的男人，那个长耳朵男人，那个脚搭在肩上的男人，还有那个用鼻孔喷气吹风车的男人。没走多远，他们又遇到一个男人，这个男人坐在路边，正用一条大腿的侧面碾碎石头，他手里没拿锤子，也没拿别的东西。国王的儿子问他为什么用一条腿来碾石头。

“噢，”男人回答说，“如果我用两条大腿一起碾，就会把石头碾成粉末。”

“你愿意做我的仆人吗？”

“如果能得到一座有花园的房子，我就给您做仆人。”

“只要我心想事成，你就能得到一座有花园的房子。”

爱尔兰国王的儿子继续赶路，和他同行的有绿皮肤的小矮人，那个拿枪的男人，那个长耳朵男人，那个脚搭在肩上的男人，那个用鼻孔喷气吹风车的男人，还有那个用大腿一侧碾石头的男人。3月的风跑在他们前面，他们可以追上风，落在后面的风却追不上他们，一行人走啊走，直到夜幕降临，这一天结束了。

爱尔兰国王的儿子四处张望，却看不到一座可以让他留宿一晚的房子。那个绿皮肤的小矮人也四处张望，他看到了一座城堡，城堡外面覆盖着一整片羽毛，羽毛外面没有一根羽毛杆儿里面没有一根羽毛根儿，这片羽毛既能遮风又能挡雨。国王的儿子说他不知道应该去哪里过夜，那个绿皮肤的小矮人就说，他们可以去那座巨人的城堡里睡一晚。

他们走到城堡跟前，绿皮肤的小矮人抽出作战的棍子敲门，这声音既没令孩子离开女人，也没令小马离开母马，既没令猪崽离开母猪，也没令狗獾离开峡谷，绿皮肤的小矮人没有用那根作战棍敲足三声。巨人走了出来，说道：“我闻到了能说会道、满口谎言的爱尔兰人的味道，就在我的地盘上。”

“我不是能说会道满口谎言的爱尔兰人,”绿皮肤的小矮人说,“不过，我的主人就在那儿，在大路的那头，如果他来了，就会砍掉你的头。”说着，这个绿皮肤的小矮人就变得越来越大，越来越大，直到最后看上去和城堡一样大。巨人见了很害怕，就问他:“你的主人和你一样大吗？”

“是的,”绿皮肤的小矮人回答说,“比我还大。”

“请把我藏起来吧，一直藏到明天早上，藏到你的主人离开以后。”巨人说。

于是，绿皮肤的小矮人就把巨人藏起来锁上，然后出去找国王的儿子。就这样，爱尔兰国王的儿子，那个拿枪的男人，那个长耳朵男人，那个脚搭在肩上的男人，那个用鼻孔喷气吹风车的男人，还有那个用大腿一侧碾石头的男人都进了城堡。他们在城堡里过夜，这天夜里，他们三分之一的时间在讲故事，三分之一的时间在说芬尼亚勇士的事迹，剩下三分之一的时间舒舒服服、踏踏实实地睡了一觉。

第二天早上，绿皮肤的小矮人把他的主人，那个拿枪的男人，那个长耳朵男人，那个脚搭在肩上的男人，那个用鼻孔喷气吹风车的男人，还有那个用大腿一侧碾石头的男人带出城堡，让他们在大路的那头等他，他自己则回到城堡把巨人放了出来。他对巨人说他的主人派他回来向巨人要一顶放在床头下面的黑帽子。巨人说他愿意给绿皮肤的小矮人一顶他从来没戴过的帽子，他可不好意思给绿皮肤的小矮人那顶旧帽子。绿皮肤的小矮人说除非巨人把那顶旧帽子给他，否则他的主人就会回来把巨人的脑袋砍下来。

“我还是把它给你为好，”巨人说，“不管什么时候，只要你把这顶帽子戴在头上，就可以看见所有人，但没有人能看见你。”说完巨人把帽子给了他，绿皮肤的小矮人拿着帽子回来，把帽子交给了爱尔兰国王的儿子。

他们继续往前走，3月的风跑在他们前面，他们可以追上风，落在后面的风却追不上他们，他们要去那东方世界。夜幕降临的时候，这一天结束了。爱尔兰国王的儿子四处张望，却看不到一座可以让他留宿一晚的房子。那个绿皮肤的小矮人也四处张望，他看到了一座城堡。绿皮肤的小矮人说：“城堡里的巨人是我们昨晚借宿的那个巨人的兄弟，今晚我们就在这座城堡过夜。”他们走到城堡跟前，绿皮肤的小矮人把国王的儿子和他的仆人们留在大路的那头，自己走到城堡门前，抽出作战的棍子敲门，敲门声既没令方圆七英里以内的孩子离开女人，也没令方圆七英里以内的小马离开母马，既没令猪崽离开母猪，也没令狗獾离开峡谷，绿皮肤的小矮人没有用那根作战棍敲足三声。

巨人走了出来，说道：“我闻到了能说会道、满口谎言的爱尔兰人的味道，就在我的地盘上。”

“我不是什么能说会道满口谎言的爱尔兰人，”绿皮肤的小矮人说，“不过，我的主人就在那儿，在大路的那头，如果他来了，就会砍掉你的头。”

“我看看，你这个头我一口吃下去大了点，我看看，你这个头我两口吃下去又小了点。”巨人说。

“你一口根本吃不下我。”这个绿皮肤的小矮人回答道。说着，他就变得越来越大，直到最后看上去和城堡一样大。巨人见了很害怕就问道:“你的主人和你一样大吗?”

“是的,”绿皮肤的小矮人回答说,“比我还大。”

“请把我藏起来吧,”巨人说,“一直藏到明天早上，藏到你的主人离开以后，到时候，你可以得到任何你想要的东西。”

于是，绿皮肤的小矮人带着巨人来到一个巨大的容器前，把他藏进容器里，然后出门把爱尔兰国王的儿子，那个拿枪的男人，那个长耳朵男人，那个脚搭在肩上的男人，那个用鼻孔喷气吹风车的男人，还有那个用大腿一侧碾石头的男人带进了城堡。他们在城堡里过夜，这天夜里，他们三分之一的时间在讲故事，三分之一的时间在说芬尼亚勇士的事迹，剩下三分之一的时间舒舒服服、踏踏实实地睡了一觉。

第二天早上，绿皮肤的小矮人把爱尔兰国王的儿子和他的仆人们带出城堡，让他们在大路的那头等他，他自己则回到城堡问巨人要一双放在他床头下面的旧拖鞋。

巨人说他愿意送给绿皮肤小矮人的主人一双他穿过的最好的靴子，一双旧拖鞋有什么好要的?

绿皮肤的小矮人说，如果巨人不给他那双拖鞋，他就去找他的主人把巨人的头砍下来。

巨人赶紧说他愿意把那双拖鞋给绿皮肤的小矮人，说完，他就把拖鞋给了绿皮肤的小矮人。

“不管什么时候,”巨人说,“只要你穿上这双拖鞋，说‘起——起’，就可以去任何你想去的地方。”

爱尔兰国王的儿子，那个绿皮肤的小矮人，那个拿枪的男人，那个长耳朵男人，那个脚搭在肩上的男人，那个用鼻孔喷气吹风车的男人，还有那个用大腿一侧碾石头的男人继续往前走。一直走到夜色降临，一天结束了，那匹马赶到港口，站在夜色里，船怎么也不肯等它。国王的儿子问绿皮肤的小矮人他们晚上去哪里睡觉，绿皮肤的小矮人回答说他们要去昨晚借宿的那个巨人的兄弟家过夜。爱尔兰国王的儿子四处张望，什么也没看到，那个绿皮肤的小矮人也四处张望，看到了一座很大的城堡。他让国王的儿子和他的仆人们留在原地，自己走到城堡门前，抽出作战的棍子敲门，敲门声既没令孩子离开女人，也没令小马离开母马，既没令猪崽离开母猪，也没令狗獾离开峡谷，不过，绿皮肤的小矮人用那根作战棍敲了三次。巨人走了出来，说道："我闻到了能说会道、满口谎言的爱尔兰人的味道，就在我的地盘上。"

"我不是什么能说会道满口谎言的爱尔兰人，"绿皮肤的小矮人说，"不过，我的主人就在那儿，在大路的那头，如果他来了，就会砍掉你的头。"

说完，绿皮肤的小矮人越变越大，直到最后变得和巨人的城堡一样大。巨人见了很害怕就问道："你的主人和你一样大吗？"

"是的，"绿皮肤的小矮人回答说，"比我还大。"

"噢，请把我藏起来吧，把我藏起来，"巨人说，"一直藏到你的主人离开以后，到时候你想要什么就能得到什么。"

于是，绿皮肤的矮个子男人带着巨人来到一个巨大的容器前，把他藏进容器里，上了锁。然后出门把爱尔兰国王的儿子，那个拿枪的男人，那个长耳朵男人，那个脚搭在肩上的男人，那个用鼻孔喷气吹风车的男人，还有那个用大腿一侧碾石头的男人带进了城堡。他们在城堡里快乐地过了一夜——三分之一的时间说芬尼亚勇士的事迹，三分之一的时间讲故事，剩下三分之一的时间舒舒服服、踏踏实实地睡了一觉。

第二天早上，绿皮肤的小矮人把爱尔兰国王的儿子和他的仆人们带出城堡，让他们在大路的那头等他，他自己则回到城堡把巨人放了出来，要求巨人把藏在床脚下的那把生了锈的剑给他。巨人回答说他不能把那把旧剑给任何人，不过，他可以给绿皮肤的小矮人一把三刃剑，这把剑伤人不血刃，剑过不留痕，如果沾了血迹就会继续伤人。

“我不要这把剑，”绿皮肤的小矮人说，“我必须得到那把生锈的剑，如果得不到，我就去找我的主人，他会把你的头砍下来。”

“我还是把它给你为好，”巨人说，“那把剑无论挥向什么地方都会扎进土里，就算土硬得像铁也能扎进去。”说完就把生锈的剑给了绿皮肤的小矮人。

于是，爱尔兰国王的儿子，那个绿皮肤的小矮人，那个拿枪的男人，那个长耳朵男人，那个脚搭在肩上的男人，那个用鼻孔喷气吹风车的男人，还有那个用大腿一侧碾石头的男人继续往前走。一直走到夜色降临，一天结束了，直到那匹马赶到港口，站在夜色里，船怎么也不肯等它。3月的风在他们身后，怎么也赶不上他们，他们却总是能追上3月的风。那天晚上，他们来到东方，那个女人生活的地方。

女人问爱尔兰国王的儿子想要什么，国王的儿子说他远道而来是想娶她为妻。

“如果您能解开我身上的魔咒，”女人回答说，“您就能娶我。”

那天晚上，爱尔兰国王的儿子和他的仆人们都睡在城堡里。临睡前，女人来到爱尔兰国王的儿子床前，对他说：“这把剪刀给您，如果明天早上您不把剪刀还给我，您的头就会被砍下来。”

她把安睡别针放在爱尔兰国王儿子的脑袋下面，他便进入了梦乡。爱尔兰国王的儿子一睡着，女人就从他手里拿走剪刀，离开了他的房间。她把剪刀交给毒药之王[3]，要毒药之王为她保管这把剪刀直到第二天早上。说完她就走了，毒药之王也进入了梦乡，他一睡着，绿皮肤的小矮人就来了，他脚上穿着那双旧拖鞋，头上戴着那顶旧帽子，手中拿着那把生锈的剑，毒药之王的手一松开剪刀，他就接住了。他把剪刀交给爱尔兰国王的儿子。第二天早上，女人进来问道：“爱尔兰国王的儿子，您有剪刀吗？”

“我有。”他回答道。

东方女士的城堡四周都是尖顶，她在尖顶上挂了六十个头骨，都是那些想娶她的人的头骨，她想，她要把爱尔兰国王儿子的头也挂上去，和那六十个头骨挂在一起。

第二天晚上女人又来了，她交给爱尔兰国王的儿子一把梳子并对他说，如果明天早上她来的时候爱尔兰国王的儿子不把这把梳子还给她，她就砍掉爱尔兰国王儿子的头。说完，她把安睡别针放在爱尔兰国王儿子的脑袋下面，他便进入了梦乡。爱尔兰国王的儿子一睡着，她就偷走那把梳子，把梳子交给毒药之王，并且叮嘱毒药之王不要像弄丢那把剪刀那样把梳子也弄丢了。绿皮肤的小矮人也来了，他脚上穿着那双旧拖鞋，头上戴着那顶旧帽子，手里拿着那把生锈的剑，毒药之王看不见他，他走到毒药之王身后从他身上拿走了那把梳子。

第二天早上爱尔兰国王的儿子起床后发现梳子不见了，便大喊大叫地找梳子。“不要担心，”绿皮肤的小矮人说，“梳子在我这里。”女人来的时候，爱尔兰国王的儿子把梳子还给她，她十分惊讶。

第三天晚上她又来了，她对爱尔兰国王的儿子说，哪个男人用这把梳子梳了头，爱尔兰国王的儿子就要为她取下那个男人的头，第二天早上就要。“好了，”她说，“今晚你不用怕，不过，如果你丢了这把梳子，你的脑袋就保不住了。”

说完，她把安睡别针放在爱尔兰国王儿子的脑袋下面，他便进入了梦乡。女人从爱尔兰国王儿子手里偷走了那把梳子，并把梳子交给毒药之王，她对毒药之王说不要把梳子弄丢了除非他的头被砍下来。毒药之王拿着梳子把它藏在一个岩石洞里，给岩石加了六十把锁，然后坐在门口的锁旁亲自看守。绿皮肤的小矮人来了，他穿着那双旧拖鞋，戴着那顶旧帽子，手里拿着那把生锈的剑。绿皮肤的小矮人拿着剑劈向岩石，把岩石砸开口，他的第二剑劈向毒药之王，把他的头砍了下来。他带着梳子回来，刚要把梳子交给爱尔兰国王的儿子，就发现爱尔兰国王的儿子已经醒了，正在为丢了梳子哭呢。“给您，这是您的梳子。”他说，“喏[4]，她快要过来了，她会问您有没有这把梳子，告诉她您有梳子，还有这把梳子梳过的头颅，说完就把头骨扔给她。”

女人走过来问爱尔兰国王的儿子有没有梳子，爱尔兰国王的儿子说他有，而且还有梳子梳过的头，说着，他把毒药之王的头扔给那位女士。

女人看见毒药之王的头大为生气，她要爱尔兰国王的儿子派一名使者和她的使者一起去西方世界的井里打三瓶疗伤的香脂油回来，否则永远也别想娶她。她还说，如果她的使者比爱尔兰国王儿子的使者先回来，那么爱尔兰国王儿子的头就保不住了。

她找来一个老女人——是个女巫——交给她三个瓶子。绿皮肤的小矮人请求他们把三个瓶子交给飞毛腿，就是那个养了很多野兔子的男人，他们就把瓶子给了他。老女巫和飞毛腿出发了，两人各带了三个瓶子。爱尔兰国王儿子的使者，也就是飞毛腿，从西方世界的井里打了三瓶疗伤的香脂油后便往回走，走到半路遇到了正要去西方世界的井里打香脂油的老女巫。“坐一坐吧，”老女巫对飞毛腿说，“现在他俩正办婚礼呢，你也歇一会儿，别把心脏跑坏了。”她随身带着一只马头，马头里放了一根安睡别针，她把马头放在飞毛腿的头下面，飞毛腿的头一碰到马头就掉进了梦乡。老女巫把他取回来的香脂油泼光便走了。

绿皮肤的小矮人觉得他们去了很久该回来了，于是他对长耳朵的男人说：“顺风耳，把你的耳朵贴在地上，听一听他们回来没有。”

“我听见了，老女巫在回来的路上，”他说，“不过，飞毛腿在睡觉呢，我听见他打鼾的声音了。”

“你来看一看，”绿皮肤的小矮人对拿枪的男人说，“千里眼，你看看飞毛腿在哪里。”

千里眼定睛一看，告诉绿皮肤的小矮人飞毛腿在某某地方，脑袋下面放了一个马头，正睡得香。

“用你的枪瞄准他，”绿皮肤的小矮人说，“把他脑袋下面的马头打飞。”

千里眼用枪瞄准飞毛腿的脑袋，把他脑袋下的马头打飞了。飞毛腿醒来一看瓶子都空了，他必须再回井边一趟。

老女巫已经在回来的路上了，飞毛腿却还不见人影。绿皮肤的小矮人对那个用鼻孔喷气吹风车的男人说：“你快起来，试一试，把那个老女巫吹回去。”男人把手指塞进鼻孔，见那老女巫往前走就冲她吹气，一阵大风把她吹了回去。老女巫继续往前走，男人又冲她吹气。每次老女巫想要朝他们靠近，他就用一边的鼻孔冲她吹气，让大风把她吹回去。最后，他用两个鼻孔冲她吹气，大风把老女巫吹回了西方世界。这时，爱尔兰国王的儿子派出去的使者回来了，那天他们赢了。

女人见自己的使者没抢先回来，便大为生气，她对爱尔兰国王的儿子说：“现在你还不能娶我，除非你不穿鞋子也不穿袜子，在钢针上走三英里路。”她有一条三英里长的路，路上铺满了尖锐的钢针，针尖朝上密密麻麻，像草一样随风摇晃。绿皮肤的小矮人对那个用大腿一侧碾石头的男人说：“快去，把这些钢针碾平了。”男人用大腿一侧碾过这些钢针，把针尖碾断，又碾了一遍，把断针碾成了粉末。这时，爱尔兰国王的儿子来了，他在这条三英里的路上走了一遍，就这样，他赢得了东方女人。

后来，爱尔兰国王的儿子和东方女人结了婚，按约定，绿皮肤的小矮人可以得到女人的初吻。绿皮肤的小矮人把爱尔兰国王儿子的妻子带进房里，要亲吻她。她浑身是蛇，爱尔兰国王的儿子睡觉时这些蛇就会杀死他，不过，绿皮肤的小矮人把女人身上的蛇都抓走了。

于是，他找到爱尔兰国王的儿子，对他说："现在，您可以和您的妻子离开了。我就是那天棺材里的男人，您为我付了十镑钱。这些陪伴您的人都是神送给您的仆人。"

说完，绿皮肤的小矮人和那些仆人就离开了，爱尔兰国王的儿子再也没见过他们。他带着他的妻子回了家，两人幸福地生活在一起。

1 这是一个常用的盖尔语和爱尔兰语习语，每次翻译它的时候都会发现它很啰嗦。英语"我的钱""我的地"用盖尔语说就是"我的那份钱""我的那块地"等等。

2 爱尔兰语geasa，读作gassa，意为"神秘的义务"，这里的意思是"中魔法"。

3 也叫"the king of N'yiv"。

4 康诺特方言，意思是，"现在，这不"。

馋　虫　精　灵

很久以前，康诺特有一个有钱的农夫，不仅富甲一方而且家庭和睦，没遇到过伤心事也没遇到过麻烦事，你可以说他是一个无忧无虑、知足常乐的人，也可以说这个世上活人能得到的好运气他都得到了。这么多年来他都是这样，没遇到过倒霉事也没遇到过不幸的事，他和他的孩子身体都很健康，没啥病痛，也没伤心过。直到有一天，那天天气很好，正是收割的时候，他站在离家不远的草地上看着工人们晒制干草，天热得很，他喝了酪浆就摊开手脚往刚切好的干草垛上一躺，天这么热，他干了不少活，又累又困，很快就睡着了。他在干草垛上睡了三四个小时，工人们把干草都收回来以后就离开牧场回家了。

他醒来后坐起身来，一开始不知道自己在哪里，最后才想起来自己身下的土地是家后面的草地。于是，他站起身来往家走。他觉得身上有点疼，像是缝了一针的样子，却又没发现伤口，便在炉火旁坐下来，让自己暖和暖和。

“您去哪里了？”他的女儿问他。

“我睡了一会儿，”他回答说，“就在他们晒制干草的青草地上。”

“发生了什么事吗？”女儿问道，“您看上去不太舒服的样子。”

“喔，玛丽[1]，”他回答说，“我也不知道，不过，我确实感觉有点奇怪。我还从来没有过这种感觉。我去好好地睡一觉就会好了。”

他走到床边，躺了下去，接着便进入了梦乡，直到太阳高高升起才醒来。他从床上起来，他的妻子对他说：“你怎么啦，睡了这么久？”

“我也不知道。”他回答。

他下床走到炉火旁，他的女儿正在做蛋糕，那是大家的早餐。女儿对他说：“父亲，您今天感觉怎么样，好些了吗？”

“我昨晚睡得很好，”他回答道，“可我现在并没感觉比昨晚强。老实说，你信不信，我觉得我肚子里有什么东西正在前前后后地跑来跑去呢。”

“哎呀，不会的，”他的女儿说，“您一定是躺在青草地上着凉了，如果到了晚上您还是没觉得好一点，我们就去请医生。”

农夫说他觉得身上有一个地方疼，却又不知道到底哪里疼。到了晚上，他还是老样子，于是他们不得不去请医生了。医生一直没来，他害怕得不得了，一家人想尽各种办法鼓励他。

医生终于来了，问他有什么不舒服，农夫便又向医生描述了一遍，说好像有一只小鸟在他的肚子里蹦来蹦去。医生脱了他的衣服，仔仔细细地检查了一遍，却没发现他身上有任何不正常的地方。医生又把耳朵贴在他的前胸和后背，什么都没听到，可是这个可怜的男人一直在喊：“现在！现在！您没听到吗？就是现在，您没听见它在跳吗？”医生什么也没发现，最后，医生认为这个男人一定是精神出了问题，身体没什么毛病。

医生出门后对这家的女主人说，她丈夫没什么毛病，不过是自己觉得自己生病了，他明天会把药送给女人，这药能让她丈夫好好睡一觉，让他体温平稳。第二天他果然把药送来了，那个可怜的男人吞了所有的药，又好好地睡了一觉。然而，早上醒来的时候他感觉从没这么糟糕过，不过，他说倒是听不到身体里有什么东西在蹦跳了。

他们又把医生请来，医生来了，却什么也做不了。他留了些别的药给他们，并说周末的时候再过来看看男人的情况。医生留下来的东西没为这个可怜的男人减轻任何痛苦，医生再来的时候，发现男人的情况更糟糕了，然而，他什么也做不了，他不知道男人到底生了什么病。“我就不再收您的诊金了，”医生对这家的女主人说，“因为我对这个病人无能为力，既然不明白他是怎么回事，我就不会装作[2]知道的样子。我会经常过来看看他，不过不会从您这里收取任何诊金。”

这家的女主人几乎按捺不住心里的愤怒。医生还没走远她就把一家人都叫过来，问大家的想法。“这个骗子医生，”她说，“一分钱都不值，你们知道他刚才说什么吗——他说他以后不管我要钱了，他说他什么都不知道，去他的，这个骗子，他再也别想踏进我家的门槛，我们得再找别的医生，就算他离我们很远也没关系，我们必须找他来。”家里每个人都同意她的话，于是他们请来另一位医生。但是，这个医生来了以后并不比第一个医生知道得更多，除了知道问他们要诊金。他经常来看生病的农夫，每次来都给他的病起一个比上一次更长的名字，这些名字他自己都不知道是什么意思，别人也不知道，他只不过用这些名字来吓唬这家人。

他们就这样过了两个月，没人知道这个可怜的农夫生了什么病。由于这个医生没起到任何作用，他们就另请了一位，后来又另请了一位，直到把郡里所有的医生都请了一遍，他们没钱了，只好卖了一些牛换钱付诊金。

他们就这样过了半年，不断地请医生来看这个农夫，医生给他开了很多药，可怜的农夫以前营养充足、身体壮实，现在却变得瘦骨嶙峋，全身上下不到一两肉，只剩皮包骨头了。

最后，农夫身体虚弱得几乎走不了路，吃东西也没什么胃口，一片软面包都吃不完，一口鲜牛奶也咽不下，每个人都说他这个样子是生不如死。难怪大家这么说，因为他瘦得不剩下什么了，就像瓶子里的一道影子。

那天，他坐在家门口的椅子里晒太阳，家里人都出去了，只有他在。这时，门口来了一个穷困潦倒、到处乞讨为生的老头，老人看见了坐在椅子里的农夫，农夫的变化太大，一副筋疲力尽的样子，以至于老人差点没认出他来。“我又来了，求您施舍些吧，看在上帝的份上，”老人说道，“荣耀归神，不过，先生，您这是怎么啦，完全不像我半年前见过的样子啊，愿上帝解除您的痛苦！”

“你好啊，谢姆斯，”生病的农夫回答说，“我也没法告诉你我怎么了，不过，有一件事我是知道的，那就是，我在这个世上活不长了。”

“看见您这个样子我很难过，”老乞丐说，“请您告诉我，您是什么时候生病的，医生们都说了啥。”

“你是说那些医生吗？”生病的男人回答说，“我诅咒他们，不过，我不应该诅咒的，我就要进坟墓了，去他们的，他们什么都不懂。”

“也许，”老乞丐说，“我可以帮您找到解除痛苦的办法，如果您告诉我发生了啥事。他们都说我见多识广，知道很多疾病，也知道治疗这些疾病的药草。”

生病的农夫微笑着说道："这个郡里的医生都来家里看过我，我农场里一半的牛都卖了就是为了给他们付诊金。但是，他们没有一个人为我解除一丁点痛苦。不过，我还是先告诉你我身上发生的事情吧。"于是，他向老乞丐描述了自己的所有感受以及医生们给他开的药。

老乞丐听得十分认真，等农夫讲完自己的经历以后，老乞丐问道："您当时躺在什么样的地上睡着了？"

"就是那个时节的草地啊，"生病的农夫说，"那块草地刚割过草。"

"地上湿吗？"老乞丐问道。

"不湿。"生病的农夫回答。

"草地旁边是不是有一条小溪，有溪水流过草地？"老乞丐又问。

"是的。"农夫回答。

"我能看一眼那块地吗？"

"当然，你跟我来，我指给你看。"

农夫从椅子里站起来，尽管很虚弱，他还是拖着脚步走到了那天晚上躺着睡觉的地方。老乞丐花了很长时间检查那块地，然后，他俯下身，弯着腰在草地上来来回回地走，他低着头，在长得密密实实的野草和药草之间摸索着。

最后，老乞丐直起身说道："和我想的一样。"说完，他又弯下腰像刚才那样摸索起来。他第二次抬起头的时候，手里捏着一根细细的、绿色的药草。"您看到了吗？"他说，"在爱尔兰，只要这种草生长的地方，附近就会有一只馋虫精灵，您就是吞了一只馋虫精灵。”

“你说的是真的吗？”生病的农夫问道，“如果是真的，医生们一定早就告诉我了。”

“那些个医生！”老乞丐说，“啊！上帝给了您脑子，他们毫无疑问就是一群傻瓜。我再和您说一遍，信我没错，您吞下去的就是一只馋虫精灵。您不是说生病的第一天觉得有什么东西在肚子里蹦蹦跳跳吗，就是那只馋虫精灵在跳，因为他刚到一个陌生的地方，心里慌张，所以蹦来跳去。他安生下来以后发现您的肚子里十分舒服，您吃什么他就吃什么，食物里的营养都被他吃光了，这也是您一直这么瘦的原因。您不是说身上有一边肿起来了吗，那就是这个坏家伙藏身的地方。”

起初，生病的农夫不肯相信老乞丐的话，可是老乞丐不停地说，不停地向他证明他说的是真话。这时，农夫的妻子和女儿都回家了，老乞丐又把同样的话对她们说了一遍，她们很快就相信了他的话。

生病的农夫还是不相信，可是他的妻子和女儿都来劝说，最后，她们说服了他，他同意一次请三位医生来，把这个新发现告诉医生。三位医生一起来了，他们听了老乞丐的话，又听了这家女人们的话，听完后哈哈大笑，说老乞丐和女人们都是傻瓜，还说这家男主人得的病和馋虫精灵完全没关系，是别的毛病，这一次，他们给农夫的病起的名字是以前起的名字的两三倍那么长。他们留下两瓶药给这个可怜的男人，离开的时候还说这家的女人们胡说八道，骗他们说男人吞了一只馋虫精灵。

医生们走了以后，博卡赫，也就是老乞丐说：“如果您请来的都是像他们一样的傻瓜的话，我就毫不奇怪您的病为什么好不了了。看来，爱尔兰的医生和药师都治不好您的病了，除了一个人，那就是麦克德莫特，库拉文的王子，他住在加拉湖边，是康诺特或五省之内最好的医生。”

“加拉湖在哪里呢？”可怜的农夫问。

“就在斯莱戈郡，”老乞丐回答说，“那是一个很大的湖，王子就住在湖边，您如果听我的劝，就去那里找他，因为这是您最后的希望啦。还有您，夫人，”他转头向这家的女主人说，“您一定要让他去，如果您希望您的先生活命的话。”

“要去！”女人喊道，“只要能治好他，我什么都愿意做。”

“那好，那就送他去找库拉文的王子吧。”老乞丐说。

“为了治病我也愿意做任何事情，”生病的农夫说，“我知道如果什么都不做，如果不治好这个病，我在这个世上也就活不了多久了。”

“那么，就去找库拉文的王子吧。”老乞丐说。

“父亲，只要是您认为对您有好处的事情，您就应该去做。”农夫的女儿说。

“除了去找库拉文的王子，没有什么事情能对他有好处啦。”老乞丐说。

他们就这样你一言我一语争论到夜色降临。老乞丐在谷仓里用稻草铺了一张床，第二天早上，他又开始劝说农夫务必去找库拉文的王子，农夫的妻子和女儿也都同意老乞丐的话。最后，他们终于说服了生病的农夫，农夫说他愿意去，他的女儿也说愿意和父亲一起去，一路上可以照顾父亲，老乞丐也说愿意和他们一起去，给他们带路。“那我就在死神的威胁下忧心忡忡地等着你们，”农夫的妻子说，“直到你们一起回家。”

他们用挽具把马套上马车，然后带上了一周的粮食——面包、培根还有鸡蛋——出发了。第一天他们不能走得太快，因为生病的农夫太虚弱了，受不了马车的颠簸；不过，第二天他感觉好了些，那天晚上他们在路旁一个农夫家过夜；第三天早上他们又上路了，当天晚上他们就到了王子住的地方。库拉文的王子有一座漂亮的房子，就在加拉湖边，屋顶是稻草做的，掩映在树林里。

他们把马和马车都留在王子住所附近的一个小村子里，一起走到王子的家门前。他们进了厨房，询问能不能拜见王子殿下。仆人回答说王子正在用餐，不过，等他吃完了，或许可以见见他们。

正说着，王子就过来了，问他们想要什么。生病的农夫起身对王子说，他想向王子殿下寻求帮助，接着，他把自己的故事告诉了王子。说完后，他问道：“那么，殿下现在能帮助我吗？”

“我希望能帮上忙，”王子回答说，“无论如何，我会尽我的全力帮您，您千里迢迢来找我，如果不尽全力，就是我不对了。请您随我到客厅来。那位老人告诉您的是真的，您吞了一只馋虫精灵，或是别的什么。请您随我到客厅来。”

王子把农夫带到客厅，碰巧那天他的晚餐是一大块腌制的牛肉，王子切了一大片牛肉，把这片牛肉放在盘子里，把盘子递给这个可怜的男人，请他用餐。

“哎哟，殿下您这是做什么？”可怜的农夫喊道，“这三个月[3]以来，就是鸡蛋大小的肉我都吞不下去了，我什么都吃不下去。”

“请您安静，先生，”王子说，“吃了它，我再和您说。”

可怜的农夫使尽全力把牛肉吃下去，当他放下手中的刀叉时，王子要求他把刀叉拿起来再吃一块。王子把他留在那里让他不停地吃，一直吃到他肚子都快撑破了，吃到最后，就是给他一百镑他也塞不下一丁点了。

王子见他再也塞不下了，就带他走到房子外面，同时让农夫的女儿和老乞丐跟着他们一起出了门。王子带着农夫走到他家正对面[4]的绿草地前，一条小溪从这块美丽的草地间穿流而过。

王子把农夫带到小溪边，要求他肚子着地趴在草地上，脸冲着溪水，嘴巴能张多大就张多大，尽可能地靠近水面。“就这么安安静静地等着，放松，”王子对农夫说，“为了您的性命趴着别动，直到您看到自己身上的变化。”

可怜的男人发誓说他会保持安静，他张开胳膊和腿趴在草地上，嘴冲着溪水，张得大大的，保持这个姿势一动不动。

王子往后退了五码左右，让农夫的女儿和老乞丐站在他身边，他对生病的农夫说的最后一句话是这样的：“为了您的性命，您必须保证一动不动，不管发生什么都不能动。”

生病的农夫这样趴了顶多一刻钟，肚子里就有了动静，他觉得有个东西跑到他喉咙里又跑回去了。这个东西就这样跑上来又跑回去，来回了三四次。终于，它跑到男人的嘴里，站在他的舌头尖上，一副害怕的样子，然后又跑了回去。不过，没过多久，它又跑上来，站在男人的舌头上，最后，它跳进溪水里。王子一直紧紧地盯着农夫，当农夫想要起身的时候，王子冲他喊道："现在还不能动。"

可怜的男人只好再次张大嘴，像刚才那样一动不动地趴着。这样趴了不到一分钟，第二个家伙像先前那个一样，跑上来又跑回去，来回了两三次，就像受了惊吓似的，最后，它也像先前那个一样，跑到男人嘴里，站在舌头上，当它闻到下方溪水的气味时便纵身跳进了小溪里。

王子小声说道："它们这是渴了，牛肉里的盐起作用了，现在，它们要出来了。"王子的话音还没落，第三个家伙也扑通一声跳进小溪里了；过了一会儿，又有一个家伙跳下来，接着，又有一个，王子数道，五，六，七，八，九，十，十一，十二。

"现在有一打了，"王子说，"这是一家子，老母亲还没出来。"

生病的可怜人正想爬起来，王子就叫住他："趴在那里别动，老母亲还没出来。"

农夫继续趴在那里，趴了不止一刻钟，可是再没有别的东西出来了。王子也很着急，他担心那只老馋虫精不肯动。可怜的农夫筋疲力尽、虚弱不堪，真想现在就爬起来；他不顾王子的警告试图站起身来，王子赶紧抓住他的一条腿，老乞丐抓住他的另一条腿，两人一起把他按住，让他继续趴在草地上。

他们就这样又等了一刻钟，什么话也不说，什么声音也不发出来，终于，这个可怜的男人感觉到又有东西在身体里动起来了，这次的动静比之前厉害七倍，农夫难受极了，几乎忍不住尖叫起来。那个东西来来回回跑了很久，农夫觉得自己的肚子都快被踩破了。那个东西开始往上跑了，可是，它刚到嘴里又跑回去。最后，它倒是上来了，却站得远远的，可怜的农夫伸出两根手指头探进嘴里想把它抓住，可是，他的手指头探得虽然很快，那个老馋虫精往回跑的速度却更快。

“噢，你这个不守信用的！”王子喊道，“谁让你那么做的？我没告诉你一动都别动吗？趴在那里别动，如果她再出来的话。”

他们只好在那里又等了半个小时，因为老馋虫精被吓坏了，不敢出来了。终于，她还是出来了，可能因为她实在是太渴了，以至于闻到水的气味就受不住诱惑，也有可能是因为她的孩子们都离开了，留下她在里面孤孤单单的。不管是什么原因，她跑到农夫的嘴里，在那里站了大概八十个数那么久，她什么也没看见，没受到任何惊吓，于是便像她的孩子们之前做的那样，纵身一跳，跳进小溪里，她跳进水里的扑通声是小馋虫精灵的扑通声的七倍那么大。

王子和另外两人目睹了整个过程，他们几乎不敢呼吸，生怕惊动了这个讨厌的家伙。她一跳进水里，王子和老乞丐就把农夫拽起来，扶着他在草地上站稳了双脚。

农夫足足过了三个小时才能说话，他说的第一句话就是："我活过来了。"

王子留农夫在他家住了两个星期，把他照顾得很好，还给他补充了很多营养。后来，王子同意农夫回家，让农夫的女儿和老乞丐同他一起走，而且不肯收他们的诊金，一分钱都不要。

"我很高兴我的方法有这么好的效果，"王子说，"这比您给我十镑钱更让我高兴。从您手上拿走一个法辛都会让我难过，您之前已经在那些医生身上花了很多钱了。"

他们平平安安地回到家，农夫变得又壮实又健康。他对老乞丐感激万分，就把老乞丐留在家里照顾了他一辈子。他活着的时候再也没有躺过青草地，还有就是，他再有什么不舒服或者再有什么病痛，也不像以前那样请医生来治病了。

这样的事我们都见怪不怪啦！

1 直译为"喔，玛丽"，类似法语中的"女士，夫人！"。

2 康诺特人和爱尔兰大部分地方的人都用"let on"表达"假装"（pretend）之意，是一个从爱尔兰习语翻译过来的用法。

3 "this quarter"指的是一个季度。

4 "forenent"或者"forenenst"，就是"正对面"的意思。

波丁·奥凯利和白鼬

很久以前有一个叫波丁·奥凯利的男人，他住在高威郡的蒂厄姆附近。有一天早上，他起得很早，起床时月光还很明亮，他也不知道那会儿是什么时辰。他想去梅奥郡的卡赫纳马集市，把自己那头小毛驴卖了。

波丁走了不到三英里路，天上突然乌云滚滚，下起雨来。他看见大概五百码远的路边有一座大房子掩映在树林里，波丁心想，他得去那座房子里躲一躲，等雨停下来。波丁走到房子跟前，发现房门是开着的，就走了进去。他看见左手边有一个大房间，炉箅子里的火烧得正旺。波丁走进房里，在墙边的凳子上坐下来，当他开始昏昏欲睡的时候，却见一只大白鼬跑到炉火边，嘴里叼着个黄色的东西，白鼬把嘴里的东西丢进火炉后就离开了。不一会儿，她又回来了，嘴里叼着一个和刚才那个一样的东西，这次，波丁看清楚了，她嘴里叼的是一个几尼。白鼬把几尼丢进火炉里就走了。她就这样来来回回，直到炉子里攒了一大堆几尼。最后，等白鼬走了以后，波丁站起身来，把她藏在炉子里的金币都扫进自己的口袋里，带着这些金币出了门。

波丁没走多远就听到白鼬在身后追他，白鼬大声尖叫，就像吹风笛一样。白鼬追上波丁，挡在他跟前不许他走，她绕着波丁左右直蹦，试图抓破他的喉咙。波丁有一根很结实的橡木棍，他挥舞棍子不让白鼬靠近。这时路上走过来两个男人，他们也要去梅奥郡的卡赫纳马集市，有个男人带了一条好狗，白鼬被狗追赶着，钻进了墙上的一个洞里面。

波丁来到集市，他早上出门时打算卖掉驴子后拿着钱马上回家，现在却改了主意。他掏出一些从白鼬那里拿来的金币在集市上买了一匹马，骑着马往家走。当他路过白鼬藏身的地方，也就是白鼬被狗追赶藏身的那个墙洞时，白鼬从洞里钻出来挡在波丁面前，接着便一跃而起抓破了马的喉咙。马被吓得惊慌乱跑，波丁怎么也拉不住，最后，这匹马一步跳进一条很大的臭水沟里，沟里全是臭水和黑泥，很快马就被水淹得呛咳起来，直到一些从高威郡来的男人路过这里才把白鼬赶走。

波丁带着马回到家，把他拴在牛棚里就回屋睡觉了。第二天早上，波丁早早起来去牛棚给他的马喂干草和燕麦。他走到屋门口就看见白鼬从牛棚里出来，身上都是血。“我咒你七千次，”波丁对白鼬说，“我看，你怕是已经做过坏事了。”他走进牛棚，发现自己的马、两头奶牛，还有两头小牛犊都死了。波丁走出牛棚，把自己的狗放出去追白鼬。波丁的狗抓住了白鼬，白鼬也抓住了波丁的狗。波丁的狗是条好狗，可是，在波丁赶过来之前，他被迫松开爪子放开白鼬。尽管如此，他还是一直盯着白鼬，看着白鼬钻进了湖边一个脏兮兮的小窝棚里。波丁赶过来了，他跑到这个小窝棚前，先把打瞌睡的狗晃醒，对他发了一通脾气，然后把狗赶进窝棚，自己跟在后面。狗进了窝棚就开始汪汪直叫，波丁跟着他走进窝棚，看见角落里有一个又老又丑的女人。他问这个女人，有没有看见一只白鼬钻进来。

“没看见，”老女人回答道，“我得了瘟疫，病得快死了，你如果不赶快离开就会传染上的。”

波丁和老女人说话的时候，他的狗一直在旁边走来走去，最后，他一跃而起抓住了老女人的喉咙。老女人尖叫起来，对波丁喊道：“波丁 · 奥凯利，快把你的狗赶开，我会让你成为有钱人。”

波丁让狗松开爪子，说道：“告诉我你是谁，为什么要杀死我的马和牛？”

“那你为什么把我的金币都拿走？那可是我攒了五百年，到处爬山钻洞收集起来的金币。”

“我以为你是一只白鼬，”波丁说，“不然的话，我不会碰你的金币，别的东西也不会碰，”波丁又说，“你说你在世上活了五百年了，现在是你休息的时候了。”

“我年轻的时候犯了一个大罪过，”老女人说，“现在，如果你肯花二十镑为我做一百六十次弥撒，我就可以得到解脱不再受罪了。”

“钱从哪里来呢？”波丁问她。

“出了门，在外面草地的角落里有一口小小的井，井的上方有片树丛，你在树丛下挖一挖就能挖到一个装满金币的罐子。花二十镑为我做弥撒，剩下的金币都归你。当你揭开罐子上的旗子时，会出来一条大黑狗，你见了不要害怕，他是我的儿子。拿到金币以后，把那座房子买下来，你第一次见到我就在那座房子里。你会很便宜地买下那座房子，因为它有鬼屋之名。我儿子就住在那座房子的地窖里，他不会害你，只会成为你的好朋友。从今天算起，一个月以后我就会死，我死后你在这个小窝棚里放一块煤，烧了这个窝棚。不要对任何一个活人说我的事情——幸运就会永远与你相伴。”

“你叫什么名字呢？”波丁问她。

“玛利亚·妮·基尔文。”老女人回答。

波丁回到家，等到夜色降临以后，他随身带了一把铲子[1]在草地的角落里找到那片树丛，接着便开始挖。挖了一会儿就挖到了那个罐子，他把旗子揭开的时候一条大黑狗跳出来，大黑狗跟着波丁离开树丛，波丁的狗跟在大黑狗后面。

波丁把金币带回家藏在牛棚里。一个月以后，他去了一趟高威的集市，买回两头牛、一匹马和十二只羊。邻居们不知道他从哪里得来这些钱，他们说是“好人们”分给他的。

一天，波丁穿戴整齐后去找那座大房子的主人，他第一次见到白鼬就是在那座大房子里，他对那位绅士说想把绅士的大房子连同房子附近的土地都买下来。

“你不用花钱就可以住在房子里，不过，房子里有鬼，我得亲自告诉你这件事以后才能让你住在里面，至于那块地，除非你在报给我的价钱上再加一百镑，否则我是不卖的。”

“或许，我拿得出您说的价钱，”波丁说，“我明天带着钱来，如果您准备好了卖给我的话。”

“我会准备好的。”那位绅士回答。

波丁回到家，告诉妻子他买了一座大房子和一块地。

“你哪里来的钱呢？”他妻子问道。

“我哪里来的钱对你来说不都一样吗？”波丁回答。

第二天，波丁见到那位绅士把钱给了他，得到了那座房子和那块地；根据他俩商定好的，绅士把家具以及房子里所有的东西都留给了波丁。

那天晚上，波丁留在大房子里。夜色降临的时候，他下楼走进地窖，看见一个小个子男人张开两腿跨坐在一个酒桶上。

“上帝保佑你，诚实的人。”小矮人对波丁说。

“上帝保佑你。”波丁回答。

“你完全不必害怕我，”小矮人说，“只要你能保守秘密，我就是你的朋友。”

“我一定能，我为你母亲保守了秘密，也会为你保守秘密。”

“或许，你现在有些渴？”小矮人问波丁。

“我是有些渴了。”波丁回答。

小矮人伸出一只手从怀里掏出一个金子做的酒杯。他把酒杯递给波丁，对他说：“现在，你从我身下的酒桶里倒一杯酒出来吧。”

波丁往酒杯里倒了满满一杯酒，然后把酒杯递给小矮人。“你先喝。”小矮人说。波丁喝完以后又倒了一杯并把它递给小矮人，小矮人喝光了酒。

“满上，再喝，”小矮人说，“我今晚想要喝个痛快。”

于是，他俩坐在那里你一杯我一杯一直喝到半醉。这时候，小矮人一跃而起，跳到地上，对波丁说道：“你不是喜欢音乐吗？”

“那当然，我喜欢啊，”波丁回答，“我还很会跳舞呢。”

“你去把角落里的那面大旗子揭开，把旗子下面我的风笛拿过来。”

波丁把旗子揭开，把风笛拿过来递给小矮人。小矮人把风笛拿在手里捏来捏去，奏起美妙的音乐。波丁也跳起舞来，一直跳到筋疲力尽。他俩又喝了一杯，小矮人说：

“照我母亲告诉你的去做，我会向你展示巨大的财富。你可以把你的妻子带过来，不过，不要告诉她我在这里，她也看不见我。什么时候麦芽酒或葡萄酒喝完了，就到这里来拿酒。现在，我们该道别了。去睡觉吧，明天晚上再来找我。”

于是，波丁回房间睡觉，没过多久就进入了梦乡。

第二天上午，波丁回家把妻子和孩子都带到大房子里，他们觉得在大房子里住得很舒适。那天晚上，波丁又下楼去了酒窖，小矮人对他表示欢迎，并且问他想不想跳舞？

“我要喝了酒才想跳呢。”波丁说。

“你想喝多少就喝多少，”小矮人说，“只要你活着，这个桶就永远不会空。”

波丁喝了一满杯酒，把酒杯递给小矮人。小矮人对他说：

“我今晚要去杜纳西（就是仙子们的城堡），去给‘好人们’演奏音乐，你如果和我一起去，一定会觉得很好玩。我会给你一匹马，你以前从没见过这个样子的马。”

“我要和你一起去，这可太好啦，”波丁说，“可是，我要在我的妻子面前编一个什么样的借口呢？”

“等到你们俩睡觉的时候我就把你带走，不让她知道，然后，我再用同样的方式把你带回来。”小矮人说。

“我都听你的，”波丁说，“在我告别你之前，我们再喝一杯吧！”

波丁喝了一杯又一杯，一直喝到半醉才回房间和妻子一起上床睡觉。

他醒来的时候发现自己骑在一把长柄扫帚上，已经快到杜纳西了，小矮人在他身边，骑在另一把长柄扫帚上。他们来到杜纳西的青山跟前，小矮人说了几个波丁听不懂的字，那青山便打开门，两人走进一个美丽的房间。

波丁在杜纳西见到了以前从没见过的聚会。这里挤满了小矮人，有男的有女的，有年轻人也有老年人。他们一起欢迎小多纳尔——这是吹风笛的小矮人的名字——和波丁·奥凯利。仙子们的国王和王后走到他俩面前，对他俩说：

"今天晚上我们要去科诺克莫伊拜见我们这些人的高王和王后。"

说完，大家都起身出了门。马已经等在门外了，他们每人骑一匹马，国王和王后坐"灵车"[2]。国王和王后上了灵车后，每个人都上了自己的马，波丁当然也没落下。风笛手时而赶到队伍前面为大家演奏音乐，时而离开队伍。没过多久，他们就到了科诺克莫伊。青山打开门，仙子们的国王走进门里。

芬瓦拉和诺拉就在那里，他俩是康诺特郡所有仙子的高王和王后，也是成千上万小矮人的高王和王后。芬瓦拉走上前对他们说道：

"今天晚上，我们要和芒斯特的仙子们打一场曲棍球赛，只有打败他们我们才能扬名立万。比赛场地就在小人山下的石头平原莫伊图拉。"

康诺特小矮人们大声喊道："我们准备好了！毫无疑问，我们一定会打败他们。"

"我们一起出发吧，"高王大声说道，"尼芬山上的人会在我们之前赶过去。"

他们一起出发了，小多纳尔和另外十二个风笛手走在他们前面，奏起美妙的音乐。他们赶到莫伊图拉时候，芒斯特的仙子们以及尼芬山上的仙人们已经在他们之前赶到了。说起来，当两方小矮人打斗或打曲棍球比赛的时候，必须有两个活人在旁边观赛，这也是小多纳尔要带波丁 · 奥凯利来的原因。另一个人称“黄发懒汉”的人是芒斯特仙子那方的，他是克莱尔郡人，家住恩尼斯。

不多时，两方的队员站好了位置，在两方中间球被高高抛起，比赛严格按照规矩开始了。他们挥舞着球棒，风笛手们奏起了音乐，当波丁 · 奥凯利发现芒斯特队占了上风时，他就开始为康诺特队的仙子们助阵。那个懒汉看见了便上前来攻击波丁 · 奥凯利，却被波丁打得晕头转向。两方队员从打球变成了打架，不多时，康诺特队就打败了芒斯特队。于是，芒斯特的球员把自己变成甲虫，看到绿色的东西就吃。他们就这样一路飞一路搞破坏，一直飞到高威郡和梅奥郡交界处的孔恩村，这时候，从一个洞里飞出来成千上万只鸽子，把甲虫都吃掉了。这个洞的名字到现在都没变过，叫作“普纳古拉姆”，意为鸽子洞。

康诺特队赢了这场战斗，兴高采烈地回到科诺克莫伊。芬瓦拉国王给了波丁·奥凯利一袋金币，小个子风笛手带着波丁回家，把他放在床上他妻子身边，让他继续睡觉。

从那以后过了一个月，没发生什么值得一提的事情。直到有一天晚上，波丁下楼去酒窖，小矮人对他说："我母亲去世了，把她住的房子烧了吧。"

"你说得对，"波丁说，"她告诉过我，她只能在这世上活一个月了，昨天就是一个月到期的日子。"

第二天早上，波丁去了小窝棚，发现老女人已经死了。他把煤块放在窝棚里，烧掉了窝棚。回到家以后，波丁找到小矮人，告诉他窝棚已经烧掉了。小矮人给了他一个钱袋子，对他说："只要你活着，这个钱袋就不会空。从今以后，你就永远见不到我了。愿你保留对那只白鼬的美好回忆。她是你变成有钱人的起始，也是你变成有钱人的主要原因。"说完他就走了，波丁再也没见过他。

从此以后，波丁·奥凯利和他的妻子在那座大房子里生活了很多年，他死的时候留下一大笔财产，同时也留下一个庞大的家族来花掉这一大笔财产。

这就是我为你讲的故事，从头到尾，都是我从我的祖母那里听来的。

1　loy是康诺特随处可见的一种窄形铲。

2　中世纪时期流行于爱尔兰、英格兰和威尔士的迷信，据说如果晚上看见无人驾驶的马车就意味着有人死了。灵车由六匹黑马拉着，灵车所到之处已上锁的门都会打开。有的版本中，驾驶灵车的是一个无头车夫，名叫杜拉汗；有的版本中，拉灵车的六匹马都是无头马。——译者注

利安姆·奥鲁尼的葬礼

很久很久以前，有一个男人名叫威廉·奥鲁尼，住在高威郡的克莱尔–高威[1]。他是个农夫，有一天，地主找到他对他说："你欠我三年的地租，如果不在一个星期之内把租金付给我，我就把你扔到路边去。"

"明天我就带上一车小麦去高威，"利安姆（威廉）对地主说，"等我把小麦卖了，得来的钱就付您的租子。"

第二天早上，他装了一马车小麦打算带着小麦去高威。在离家几英里的地方，他遇到一位绅士，绅士问他："你这车上装的是小麦吗？"

"是的，"利安姆回答说，"我打算把这些小麦卖了付租子。"

"这些小麦有多重呢？"绅士又问。

"车里的小麦有一吨重，实打实的。"利安姆回答。

"我从你这里买下这些小麦了，"绅士说，"我给你市场上的最高价。你赶着车往前走，直到看见一条小路，路在你的左手边，你沿着小路往前走，直到看见山谷里的一座大房子。我会在你之前赶到那里，把钱给你。"

利安姆走到那条小路的路口，把马车赶过去，他沿着小路继续走，直到看见一座大房子。利安姆走到那座大房子跟前时非常吃惊，要知道，他在这一带出生又在这里长大，以前可从来没见过这座大房子，他自认为方圆五英里的每一座房子他都认得。

当利安姆走近紧挨那座大房子的谷仓时，一个小伙子跑出来，对他说："万分欢迎你，威廉·奥鲁尼。"说着，小伙子把一袋子小麦甩到背上，背着小麦进去了。又一个小伙子跑出来欢迎利安姆，他也把一袋子小麦甩到背上，背着小麦进去了。小伙子们都出来欢迎利安姆，他们把小麦袋子甩到背上，背着袋子进去了，就这样，一吨小麦都被小伙子们背走了。所有的小伙子都跑出来围住利安姆，利安姆说："你们认识我，我却不认识你们！"他们就对利安姆说："进来吧，来吃晚饭，主人正在等你呢。"

利安姆进了屋，在饭桌旁边坐下来，可是，他还没来得及吃第二口就已经困得不得了，于是，他在桌子旁边倒头就睡。施魔法的人变出一个和他长得一模一样的假威廉，派这个假威廉带着马和车回去见威廉的妻子。假威廉到利安姆家后，走进房间倒在床上就死了。

没过多久，哭声从他家传了出来，说是利安姆·奥鲁尼死了。他的妻子把水放在地上，趁水热的时候给假威廉擦洗身子，然后把尸体放在木板上。邻居们来了，他们对着威廉的尸体哀号痛哭，都为他可怜的妻子悲伤难过，但是，威廉的妻子并不是很伤心，因为利安姆已经老了，而她还年轻。第二天早上，人们埋葬了假威廉的尸体，此后，大家也就不再想念利安姆了。

利安姆的妻子有一个小男仆，她对小男仆说："你必须娶我，取代利安姆的位置。"

"现在还太早了，家里刚死了人，"小男仆回答说，"等利安姆下葬一周以后吧。"

这时，真正的利安姆已经睡了七天七夜，一个小伙子跑到他身边叫醒他，对他说："你已经睡了一个星期啦，不过，我们把你的马和车都送回家了。这是你的钱，回家去吧。"

利安姆回到家，因为夜已经深了，没有人看见他。那天早上，利安姆的妻子和男仆找到神父，请神父为他们主持婚礼。

“你们有结婚的钱吗？”神父问他们。

“没有，”利安姆的妻子回答，“不过我家有一头小猪崽，您可以用她充数。”

牧师为他们主持了婚礼，对他们说：“我明天早上派人去牵猪。”

利安姆走到自己家的门口在门上敲了一记。他的妻子和男仆正要上床睡觉，听到敲门声便问道：“谁在敲门？”

“是我，”利安姆回答，“为我开门。”

他们听到声音便知道确实是利安姆在说话，利安姆的妻子说：“我不能让你进屋，实在是对不住，你得下次再来了，在你的坟里待满七天以后再来。”

“你这是发疯了吗？”利安姆说。

“我没疯，”他的妻子回答，“这村里谁不知道你已经死了，都知道我把你体体面面地下葬了。回你的坟里去吧，明天我请人给你这可怜的魂灵做弥撒。”

“等到天亮了以后，”利安姆说，“我要给你好看，叫你知道乱开玩笑的代价。”

说完，利安姆就去了马厩，马厩里养着他的马和猪，他摊开胳膊和腿躺在干草上进入了梦乡。

第二天一大早，神父就对他的小男仆说：“起来吧，去利安姆·奥鲁尼家，我昨天为他家的女人主持过婚礼，她会给你一头猪让你带回来。”

小男仆到了利安姆家的门口，手里拿着根棍子开始敲门。利安姆的妻子不敢去开门，她问道：“谁在那里敲门？”

“是我，”小男仆说，“神父要我来找你牵猪。”

“猪在马厩里呢，”利安姆的妻子回答，“你自己去找吧，把她赶回去。”

小男仆便走进马厩去赶那头猪，这时候利安姆起身了，他说：“你要把我的猪带到哪里去？”

那孩子一见是利安姆，再没敢看他第二眼，使尽全力就往外跑。小男仆不停地跑，直到回家见到神父，他已经害怕得心都快从嘴里跑出来了。

“你这是怎么了？”神父问他。

小男仆告诉神父利安姆·奥鲁尼在马厩里，不让他赶那头猪。

“快闭嘴，你这个骗子！”神父叫道，“利安姆 · 奥鲁尼已经死了，这七天都在坟墓里待着呢。”

“就算他在坟里待了七年，我几分钟之前也看见他了，就在马厩里。您如果不相信我，就自己去，您会看见他的。”

神父和那孩子一起来到马厩门口，神父说：“你进去给我把那头猪赶出来。”

“我才不要进去，您不值得我这么做。”那孩子说。

神父自己进了马厩，赶着那头猪往外走。这时候，利安姆从干草堆里爬起来，对他说道：“帕特里克神父，您这是要把我的猪带到哪里去啊？”

神父一见是利安姆，撒腿就跑，边跑边大声喊道：“以上帝的名义，我命令你回到你的坟墓里去，威廉 · 奥鲁尼。”

利安姆在后面追着神父跑，他喊道：“帕特里克神父，帕特里克神父，您疯了吗？等等我，听我说。”

神父才不肯等利安姆，他迈开两腿以最快的速度往家跑，一进屋就锁上门。利安姆在外面不停地敲门，一直敲到筋疲力尽，然而神父就是不让他进屋。最后，神父从他家顶楼的一个窗户探出脑袋，对利安姆说："威廉·奥鲁尼，回你的坟墓里去。"

"您疯了，帕特里克神父！我没死，从出生以来我从来没进过坟墓啊。"利安姆说。

"我看见你死了的，"神父说，"你死得突然，可是你下葬的时候我就在那里，还为你作了一篇优美的布道词呢。"

"上帝保佑，不过，我确实是个活人，您也确实是个疯子！"利安姆说。

"你现在赶紧从我眼前消失，"神父说，"我就给你做一场弥撒，明天。"

利安姆只好回来敲自己家的门，可是他的妻子还是不让他进屋。他自言自语道："我还是走吧，现在去把我的租子付了。"在利安姆去地主家的路上，每个看见他的人都撒腿跑开了，因为他们都以为利安姆已经死了。地主听说利安姆·奥鲁尼来了赶紧关上所有的门，不让利安姆进屋。利安姆开始敲大厅的门，一直敲到地主以为他要砸开门闯进来。于是，地主从他家顶楼的一个窗户探出脑袋，问利安姆："你想要什么啊？"

"我是来付我的租子的，像个诚实的男人那样。"利安姆回答。

"回你的坟墓里去，我就免掉你的租子。"地主说。

"我不能就这样走了，"利安姆说，"除非您写个字据给我，说明我已经把这之前一直到明年5月的租子都付清了。"

地主把字据给了他，利安姆就回家了，他继续敲自己家的门，可是，他的妻子还是不让他进屋。她说，利安姆·奥鲁尼已经死了也下葬了，还说门口的男人就是个骗子。

“我不是骗子，”威廉说，“我已经给地主付了三年的租子，我要拿回我自己的房子，不然就告诉我为什么。”

利安姆去谷仓拿了一根大铁棒，没过多久就砸开了大门。利安姆的妻子怕得不得了，她的新婚丈夫也怕得不得了。他俩以为这是所有人都可以复活的时候了，也就是说，世界末日到了。

“你为什么以为我死了？”利安姆问。

“村里的人都知道你死了啊，难道不是吗？”他妻子回答。

“上帝保佑你，”利安姆说，“你对我说胡话也说得够久了，快拿点吃的给我。”

这个可怜的女人怕得不得了，给了他一些肉。女人看着利安姆又吃又喝，说道：“这可真是神显灵了。”

利安姆把自己的故事从头到尾说给女人听，女人也把发生的事情一件一件说给他听。利安姆听了以后说道:“我明天就去那个坟墓，去看看你们埋在里面的那个假货。”

第二天早上，利安姆带了很多人和他一起去了墓地，他们挖开坟墓，把棺材抬出来，这时候，一只大黑狗从棺材里跳出来跑掉了。利安姆和那群人一起追这只狗。他们一路追，直到看见大黑狗跑进了一座大房子，就是利安姆曾经在里面睡觉的大房子。这时候，地突然裂开，那座大房子掉进地缝里，从那以后，再也没有人见它从地里冒出来，不过，直到今天，还可以看见地上的大窟窿。

利安姆和那群人回了家，把所有的事情都说给村里的神父听。神父于是解除了利安姆的妻子和那个小男仆的婚姻。

从那以后，利安姆活了很多年，留下大笔财产，克莱尔-高威的人到现在还记得他，只要老人把这个故事讲给年轻人听，让这个故事一代一代传下去，将来的人还会记得他。

1 克莱尔-高威是个说爱尔兰语的村庄，在高威郡高威市北部的克莱尔河畔，由此得名。它的爱尔兰语名字意为“高威克莱尔河畔的小镇”。——译者注

黑 脚 丫 的 古 力 士

很久以前，梅奥郡有一个男孩，从出生那天以来就没洗过脚。男孩的名字叫古力士。没有人能够说服他让他洗脚，人们过去都叫他古力士-纳-古斯-胡，也就是，黑脚丫的古力士。古力士的父亲总是对他说："起来，你这个斯洛恩-傻（傻大个），去把自己洗一洗。"但是，他说什么也不抬脚，说什么也不去洗脚。跟他说什么都没用。人人都拿他的脏脚丫子开玩笑哄骗他，可他谁也不理，谁的话也不听。你差不多把能说的都跟他说了，可是，不管你说什么，等你说完后他还是老样子，我行我素。

一天晚上，一家人都围在炉火边讲故事自娱自乐，他也和大家一起。古力士的父亲对他说："古力士，今天晚上你就二十一岁了，我相信从出生到现在，你还从没洗过脚吧。"

"您骗人，"古力士回答道，"去年五月节那天我不是去游泳了吗？我又不可能在游泳的时候把脚丫子露在水外面。"

"好吧，那你上岸以后总会把脚丫子弄脏吧。"父亲说。

"没错，是弄脏了。"古力士回答。

"我说的就是这个，"父亲说道，"从那以后你就没洗过脚。"

"到死的那天，我都不打算洗它们。"古力士说。

"你这个讨人嫌的贼小子！蠢家伙！浪荡子！你就是个啥用都没有的傻大个！你说的像什么话？"古力士的父亲喊道，说完他就伸出胳膊，朝古力士的下巴上狠狠地揍了一拳。"你快滚蛋，"古力士的父亲说，"我再也受不了你了。"

古力士站起来，伸出一只手摸了摸下巴上被揍了一拳的地方。"也只有您能打我一拳，"他说，"不过，您死之前永远也别想再打我一下。"说完，古力士怒气冲冲地走出家门。

爱尔兰有一个很漂亮的圆形土堆，就在离古力士家的山墙不远的地方。古力士经常去圆形土堆，他喜欢坐在土堆四周的青草堤上。古力士半靠着自己家的山墙，站在那里仰头望天，看着头顶上那轮美丽的白月亮。就这么站了一两个小时，古力士心想："我的悲哀就在于根本离不开这个地方。我宁愿去这世上的任何一个地方也不愿待在这里。噢，白月亮，你多好啊，"他说，"只要你愿意，就可以一直转，一直转，没有人可以把你推回去。但愿我能像你一样。"

他的话还没说出嘴，就听到吵吵闹闹的声音，好像有很多人一起跑过来，一边跑还一边又说又笑，又打又闹。这声音像一阵旋风从他身边刮过，他听到这阵风冲进了圆形土堆。"老天爷，千真万确，"古力士说，"你们可真够开心的，我也要跟你们一起去。"

旋风里头不是别人，正是一群仙子，不过，古力士起初并不知道是他们在旋风里头。他跟在仙子们身后走进圆形土堆。一进土堆他就听到"*弗勒帕洛尼，佛勒波洛尼，拉普-拉伊-胡塔，卢里阿-布里阿*"[1]的声音。这是仙子们发出的声音，他们每个人都用自己最大的声音喊道："我的马，马笼头，还有马鞍！我的马，马笼头，还有马鞍！"

"千真万确，"古力士说，"我说呢，不错不错，我也要学你们的样子。"于是，古力士学着他们的样子大声喊道："我的马，马笼头，还有马鞍！我的马，马笼头，还有马鞍！"不一会儿，他眼前出现了一匹漂亮的马，套着金马勒，挂着银马鞍，就站在他面前。古力士跳上马背，一上马就把圆形土堆里的情形看得清清楚楚了，土堆里挤满了马，一群小矮人骑在马上。

其中一个小矮人对他说：“今天晚上你和我们一起吗，古力士？”

“那当然，我和你们一起。”古力士回答。

“你要一起的话就来吧。”那个小矮人说完就和其他小矮人一起出发了，他骑在马上，快得像一阵风，你在猎场上见过的跑得最快的马也没他跑得快，无论是狐狸还是追着狐狸尾巴跑的猎狗也都没他跑得快。

冬天里的寒风在他们前面跑，他们超过了寒风，冬天里的寒风被他们甩在后面，却追不上他们。这一路上他们一次也不停一刻也不歇，一直跑到大海边上。

这时，他们每个人都喊道：“上天！上天！”说话间他们都飞到了天上，古力士还没来得及想明白自己在哪里，他们已经落回到干燥的地面上，就好像风一样。终于，他们停下脚步，其中一个小矮人问古力士：“古力士，你知道自己现在在哪里吗？”

“一点都不知道。”古力士回答。

“你在罗马，古力士，”小矮人说，“不过，我们还要去更远的地方。法兰西国王的女儿今天晚上要出嫁，她是太阳神见过的最美的女人，我们必须尽最大的努力带她走，只要我们能够赢。你必须和我们一起去，这样的话，我们带那个年轻女孩一起走的时候就可以让她坐在你身后和你骑同一匹马，因为，按照法律规定，我们不能让她坐在我们身后。你是有血有肉的人，她可以牢牢地抓紧你，这样就不会从马上摔下来。你愿意吗，古力士，你愿意照我们告诉你的去做吗？”

“我有什么不愿意的呢？”古力士说，“我当然愿意，你们要我做什么我都会毫不犹豫地去做。不过，我们现在在哪里呀？”

“你现在在罗马呢，古力士。”仙子说。

“在罗马，真的吗？”古力士说，“真的呢，千真万确，我太高兴了。我们村里的神父被停职了，我们这一阵子都见不着他啦；我必须去找教皇要他给我一张赦免令，好让我们村里的神父恢复职务。”

“噢，古力士，”仙子说，“你不能那么做。他们不会让你进皇宫的，而且，我们也不能等你，因为我们赶时间呢。”

“就一步路，在见到教皇之前，”古力士说，“我是不会跟你们走的；不过，你们可以往前走，不带我，如果你们愿意的话。我一步也不会动，除非见到教皇并且为我们村的神父拿到赦免令。”

“古力士，你疯了吗？你不能去，这就是给你的回答。我告诉你，你不能去。”

“你们不能继续前进吗？把我留在这里等你们，”古力士说，“等你们回到这里，再把那个女孩抱上马放在我身后不行吗？”

“但是，我们想要你和我们一起去法兰西国王的王宫，”仙子回答说，“你现在必须和我们一起走。”

“我一步也不走，”古力士说，“除非我得到给神父的赦免令，他是爱尔兰最诚实最让人喜爱的人。”

这时候，另一个仙子说话了：

“不要对古力士这么严苛。这孩子是个心善的孩子，他有一颗善良的心。既然没有教皇的特赦令他就不愿意和我们一起走，我们就必须尽全力为他拿到特赦令。我和他一起去找教皇，你们可以在这里等着。”

“千恩万谢，”古力士对这位仙子说，“我这就和你一起去，为了那位神父，他是这世上最公平最让人喜欢的人。”

“你的话太多了，古力士，”这位仙子说，“现在，一起走吧，从你的马上下来，抓住我的手。”

古力士下了马，抓住仙子的手，听小矮人说了几个他不懂的词，他还没明白这是什么地方就发现自己已经和教皇在一间屋子里了。

那天晚上，教皇很晚还没睡，一直在读一本他很喜欢的书。他坐在一个软软的大椅子里，两只脚搁在壁炉板上。炉箅里的火烧得很旺，教皇的胳膊肘旁摆着一张小桌子，小桌子上放了一点伊时卡–巴哈（白兰地）和糖，古力士走到他身后，教皇一点都没觉察。

“好了，古力士，”仙子说，“去告诉他，除非他给你赦免令，否则你就放火烧掉这间房子；如果他拒绝给你，我就从嘴里吐出火来，直到他以为这个地方真的着火了，这时候我再做担保，他就会心甘情愿地把赦免令给你了。”

古力士走到教皇身边，把手搭在他的肩上。教皇转过头来，当他看见古力士站在自己身后时，结结实实地吓了一跳。

“别害怕，”古力士说，“我们老家的村里有一个神父，有个小贼在大人您面前撒谎说了他的坏话，他就被停职了；但是，他是大人您见过的人里面最正派的，在巴利纳图塔赫，没有一个男人或者女人，也没有一个小孩不喜欢他。”

“闭嘴，你这个骗子，”教皇喊道，“你从哪里进来的，谁带你来的？我不是把门锁上了吗？”

“我从锁眼里进来的，”古力士回答说，“如果您按我说的做，我会十分乐意为大人您效劳。”

教皇大喊道：“我的人都去哪里了？我的仆人呢？谢姆斯！肖恩！我被人杀了！我被人抢了！”

古力士用自己的背抵住门，教皇出不去，又不敢靠近古力士，别无他法只好听古力士说他的事。古力士做不到用简短清楚的话把来龙去脉告诉教皇，他说话总是慢慢吞吞，用词也粗俗，这让教皇十分恼火。等古力士把事情说完以后，教皇发誓说他永远也不会给那个神父发赦免令，而且，他还威胁古力士说要处死古力士，因为古力士毫无规矩，在夜里闯进他的寝宫。说完，他又开始大喊大叫找他的仆人们。不管仆人们是不是听到了他的叫喊，都不可能进来服侍他，因为这扇门的里面还有一道锁。

“除非您亲手写一道赦免令给我，而且要盖上章，里面写上赦免那位神父，”古力士说，“否则我就用火烧掉你的房子。”

那位仙子开始从嘴里往外吐火焰，教皇看不见他，还以为房子着了火，大声喊道：“噢，永恒的毁灭！我给你赦免令；我什么都给你，只要你灭了这火，不要把我烧死在我自己的房子里。”

于是，仙子停下来不再吐火，教皇只好坐下来给那位神父写了一张赦免令，彻底赦免了他，让他恢复原来的职务。教皇写完这些以后，在纸上写下自己的名字，然后把赦免令放在古力士的手里。

“谢谢您，大人，”古力士说，“我以后再也不会来找您了，巴纳赫特拉赫（再见）。”

“别再来了，”教皇说，“你若再来，我会在你来之前做好准备，你就不能再这么轻易地走了。你会被关进监狱，永远也别想出来。”

“别害怕，我不会再来了。”古力士回答道。他还没来得及多说什么仙子就念念有词，再次抓住古力士的手，两人一起出了皇宫。古力士发现自己周围站着其他仙子，他的马也在等着他。

“好了，古力士，”仙子们说，“你可让我们好等，我们得赶时间了，快过来吧，别想再耍这种花招，因为我们不会等你了。”

“我实现了愿望，”古力士说，“对你们感谢得很，告诉我我们要去哪里吧。”

“我们要去法兰西国王的王宫，”他们回答说，“如果一切顺利，我们要把他的女儿带回来。”

说完，他们每一个人都喊道：“马，起。”所有的马便一跃而起，撒开四蹄，昂首阔步地跑起来。冬天里的寒风在他们前面跑，他们超过了寒风，冬天里的寒风被他们甩在后面，却追不上他们。这一路上他们一次也不停一刻也不歇，一直跑到法兰西国王的王宫前。

他们下了马，其中的一个小矮人说了一个古力士听不懂的词，那一刻，所有人都升到空中，古力士发现自己和同伴们都在王宫里面了。王宫里正在举行一场盛大的晚宴，法兰西王国所有的贵族和绅士都来了，他们穿着丝缎做的衣服，戴着金银做的饰品，大厅里所有的灯和烛都点燃了，灯光和烛光把夜晚照得跟白昼似的，灯光太亮，古力士只好闭上眼睛。当他再次睁开眼四处张望时，古力士心想，这里的一切都这么美好，他以前从来没见过。大厅里摆了一百张桌子，每张桌子上都摆满了肉和酒，有鲜肉、蛋糕、蜜饯、葡萄酒、麦芽酒，还有各种人们从来没见过的酒。乐师们坐在大厅两头，正在演奏人们从来没听过的最甜美的乐曲；大厅中央有很多年轻女人和漂亮的小伙子正在跳舞，他们旋转着，旋转的脚步又快又轻，把古力士看得头晕眼花。还有一些人在变戏法，另外一些人在相互打趣大声谈笑，像今天这样的宴会法兰西有二十年没举办过了，这是因为老国王的孩子中只有一个女儿在世，今天晚上，她就要嫁给另一个国王的儿子了。这场宴会要持续三天，第三天晚上就是公主出嫁的吉时，古力士和小矮人们就是在这个晚上赶到的，希望一切顺利，他们能把国王年轻的女儿带走。

古力士和他的伙伴们都站在大厅前头，那里有一个美丽的圣坛，一应物什都摆放好了，两位主教站在圣坛后面，等着吉时一到就把公主嫁出去。没有人能够看见小矮人，因为他们进来的时候说了一个词，这个词可以让他们隐身，就好像他们根本不在这里。

“快告诉我，她们中哪一个是法兰西国王的女儿。”古力士问小矮人，这时候他已经对大厅里的灯光和喧闹声习惯一点了。

“难道你从这里看不到她吗？”那个被古力士问到的小矮人回答。

说着，小矮人用手一指，古力士顺着他指的方向看过去，他心想，这是他在这世上见过的最可爱的女人。她的脸蛋白里透红，就像玫瑰花和百合花争相开放，分不出谁更美。她的胳膊和手像椴树的枝条，她的嘴像成熟的草莓，又红又饱满，她的脚像别人的手一样又小巧又轻盈，她的身形纤细又流畅，她的头发像金子倾泻而下。她的衣袍和裙子用金线和银线织成，她手上戴的宝石戒指则像太阳光一样明亮耀眼。

古力士差点被公主的美丽和可爱亮瞎了眼，可是，当他再次看向公主的时候却发现她在哭，她的眼角还有眼泪留下的印记。“这不可能啊，”古力士说，“每个围绕她的人都这么快乐有活力，她怎么还会伤心呢？”

“没错，她就是很伤心，千真万确，”小矮人说，“因为这场婚礼违背了她的意愿，她不爱这个即将做她丈夫的男人。三年前，国王就想把她嫁给这个男人，那时候公主才十五岁，她说自己年龄太小，请求国王让她继续做个小姑娘。于是国王给了她一年的恩许，一年满了以后，国王又给了她一年的恩许，后来又加了一年。现在，一个星期甚至一天国王都不肯多给了，今天晚上公主就满十八岁，到结婚的年龄了。不过，说真的，”小矮人努起嘴，那模样可真丑，“说真的，只要我能做到，她就不会嫁给任何一个国王的儿子。”

古力士听了这些以后很为这位美丽的年轻女士感到可惜，她必须嫁给一个她一点都不喜欢的男人，或者，比这更糟，必须嫁给一个丑八怪小矮人，想到这些古力士的心都碎了。不过，古力士什么也没说，只是忍不住在心里诅咒自己的坏运气，他想自己真倒霉，还得帮这群小矮人从公主的父亲和家人身边把她抢走。

后来，古力士开始思考怎样才能救这位公主，可是，他什么办法都想不出来。“唉，如果我能帮帮她，为她减轻一些痛苦就好了！”古力士说，“我可不在乎自己会不会死，可是，我不知道我能为她做什么呀。”

他看见另一个国王的儿子走到公主面前，向她求吻，公主却把头转开不答应国王的儿子。当古力士看见那个小伙子牵起公主雪白柔软的小手，拉她出来跳舞的时候，心中对公主的怜惜又翻了一倍。王子和公主随着舞曲转呀转呀，转到了离古力士很近的地方，古力士可以清楚地看见公主眼里的泪花。

这支舞结束以后，老国王，也就是公主的父亲，还有公主的母亲，也就是王后，站起来宣布婚礼的吉时已到，主教已经做好准备，马车也备好了，是时候为公主戴上婚戒把她交给她的丈夫了。

另一个老国王哈哈大笑。“我很荣幸，”他说，“今天晚上的宴会就要结束了，不过，属于我儿子的夜晚还很长。我保证他明天早上不会起得很早。”

“千真万确，不过，或许他会起得很早呢，”小矮人在古力士的耳朵边悄悄说道，“也有可能根本上不了床，哈哈哈！”

古力士没回答，他的两只眼睛睁得大大的，像要跳出来似的，正紧紧地盯着小矮人们，看他们要做什么。

国王牵起那个小伙子的手，王后也牵起公主的手，他们一起走到圣坛前，那些老爷贵族们都跟在他们身后。

当他们快要走到圣坛，离圣坛不超过四码远的时候，一个小矮人突然在公主面前伸出一只脚把她绊倒了。公主还没来得及站起来，小矮人就把手里的东西撒在她身上，同时说了几个词，就在这时，公主从他们中间消失了。没有人可以看见公主，因为小矮人念的咒语可以让她隐身。小矮人抓住公主，拎起她把她放在古力士身后。虽然国王和其他人都看不见他们，但还是跟着他们穿过大厅走到门口。

哎呀！圣母玛丽啊！公主就在他们眼前消失了，谁也不明白这是怎么回事，多可怜，多恼人啊，这时候，有人在哭喊，有人在惊奇，他们到处找人，头晕眼花。古力士他们一起直奔王宫门口，一路上没遇到任何阻碍，因为没有人看见他们。每一个小矮人都喊道："我的马，马笼头，还有马鞍！"古力士也喊道："我的马，马笼头，还有马鞍！"马上，那匹穿戴整齐的马就站在他面前了。"好了，跳上来，古力士，"小矮人说，"把公主放在你身后，我们要出发了，现在离清晨已经不远啦。"

古力士把公主抱起来放在马背上，他自己跳上马坐在她身前，"马，起！"他喊道。于是，他的马还有和他一起的其他人的马都使出全力争先恐后往前跑，一直跑到大海边上。

"上天！上天！"每一个小矮人都喊道。

"上天！上天！"古力士也喊道。他的马立刻一跃而起跳到云上，到了爱尔兰才回到地上。

他们落地后一刻也不停地跑回古力士家附近的那片圆形土堆。抵达目的地后，古力士转过身，两条胳膊抱起这个年轻女孩从马上跳了下来。

"我以上帝的名义，把您交给我自己！"古力士喊道。他的话音还没落，那匹马立即摔倒在地，变成一把犁上的木柄，小矮人就是用这根木柄变出了那匹马，其他马也是这么变出来的。有些小矮人骑的是一根旧扫帚，有些骑的是一截断木棍，还有些骑的是波哈洛恩（就是豕草）或者毒水芹的秆。

听到古力士的话，这群"好人儿"一起大叫起来：

"噢，古力士，你这个蠢蛋！小偷！但愿你时时处处都倒霉！你为什么要对我们耍花招？”

可是，古力士已经把公主许配给了他自己，小矮人们完全没有办法带走这个女孩了。

“噢，古力士，我们对你这么好，你却背叛我们，这个花招可真漂亮，不是吗？我们先去罗马又去法兰西，跑这一大圈对我们来说有什么好处？不过，不要紧，你这个蠢蛋，以后你会为此付出代价。信不信，以后有你后悔的。”

“他从这个年轻女孩身上捞不着什么好处。”此前在王宫和古力士说话的那个小矮人喊道，说着，他靠近公主朝她脑袋上打了一巴掌。“好了，”小矮人说，“这下，她再也不能说话了。古力士，她以后就是个哑巴了，一个哑巴对你有什么用处？现在，我们该走了——不过，你给我们记好了，古力士-纳-古斯-胡！”

说完，小矮人伸出两只手，古力士还没来得及回答他的话，小矮人和他的同伴就冲进圆形土堆，消失在古力士眼前，古力士再也看不见他们了。

古力士转头对年轻女人说：“感谢上帝，他们走了。您难道不是更愿意和我在一起而不是和他们在一起吗？”女人没有回答他的话。“她还在苦恼和伤心呢。”古力士心想，于是，他又对女人说道：“恐怕您今天晚上必须在我父亲的房子里过夜了，殿下，如果有任何我能为您做的事情，请您告诉我，我愿意做您的仆人。”

这个美丽的女孩还是不说话，但是，她的眼里都是泪水，脸上也一阵红一阵白。

“殿下，”古力士说，“请您告诉我您想要我做什么。我和那群把你抢来的小矮人已经不再是一伙的了。我是一个老老实实的农夫的儿子，我跟着那些小矮人出发的时候并不知道他们要做什么。如果我有能力把您送回您父亲的身边，我一定会这么做的。既然您或许需要帮助，我恳求您让我帮助您。”

古力士看着女孩的脸，发现她的嘴唇在动，好像有话要说的样子，可是，她一个字也没说出来。

“不可能的，”古力士说，“您不可能是哑巴。今天晚上在王宫里我还听见您对国王的儿子说话呢，不是吗？要不，就是那个魔鬼当真把您变成了哑巴，就在他用那只脏手打了您的下巴以后。”

女孩抬起她那雪白光滑的手，用手指指着自己的舌头，向古力士表示她失去了声音和说话的能力，这时候，她的眼泪像小溪一样从两只眼睛里流下来。古力士的眼睛也湿了，他虽然看上去很粗野，却有一颗柔软的心，不忍心看着这个年轻女孩落到如此不幸的境地。

古力士开始思考自己该怎么办，他不想带女孩回父亲家，因为他很清楚家里人不会相信他去过法兰西，还把法兰西国王的女儿带回来了，他怕家里人会嘲笑这个年轻的公主或者侮辱她。

他拿不准自己该怎么办，正犹豫的时候他碰巧把手伸进衣袋里，摸到衣袋里有一张纸。他掏出纸，就在看到这张纸的那一刻，他想起来这不就是教皇的赦免令嘛。“荣耀归主，”他说，“现在我知道要做什么了；我要带她去神父家，只要神父看到我手里的这张赦免令，就不会拒绝我了，他会留下这位女士并且照顾她。”于是，他再次转过头，告诉公主他不想带她去他父亲家了，不过，有一个很好的神父对他十分友善，如果公主愿意留在神父家，神父一定会好好照顾她；如果公主更愿意去别的什么地方，古力士说，他一定会带公主去的。

公主低下头向古力士表示她很愿意，她让古力士明白她已经做好准备，古力士去哪里她就跟着去哪里。“那好，我们就去神父家，他欠我一个人情，我求他做任何事他都会做的。”

于是，他们俩就一起往神父家走，太阳升起来的时候他俩正好走到门口。古力士把门敲得响，神父起得早，亲自过去把门打开。看见古力士和女孩站在门口的时候，神父很惊讶，他认为这两人过来找他是想结婚。

“古力士－纳－古斯－胡，作为一个好孩子，你难道不应该等到十点或者十二点再来吗，可你一定要这个时候来找我，你和你的女朋友想要结婚吧。你应该知道我已经被停职了，不能为你注册婚礼，我什么仪式都不能主持，不能合法地为你们主持结婚仪式了。不过，哦，不不不不不！”神父说着说着，突然停下来又看了看眼前的年轻女孩，喊道，“以上帝的名义，你把谁带来了？这女孩是谁，你怎么会和她在一起？”

“神父啊，”古力士说，“您现在可以为我，或者为任何人，注册婚礼了，只要您愿意；不过，我来找您不是要结婚，只是来求您，如果您愿意的话，求您给这位年轻的女士提供一个住宿的房间。”说着，古力士掏出教皇的赦免令，把它拿给神父看。

神父把赦免令接过来读了一遍，他锐利的目光扫过纸上的笔迹和印章，毫无疑问这是一份真正的赦免令，出自教皇之手。

“你从哪里得到的？”神父问古力士，他那只拿纸的手因为好奇和喜悦一直在颤抖。

“啊，千真万确，”古力士回答道，声音轻快得很，“我昨天晚上在罗马得到的，我在罗马城待了一两个小时，那会子我正要去把这位年轻女士，法兰西国王的女儿，带回来。”

神父盯着古力士，就好像他长出了十个脑袋；不过，神父没有再问古力士别的问题，他把古力士和女孩请进屋里，他们进屋后，神父就关上门，带他们来到客厅，让他们坐下来。

“好了，古力士，”神父说，“你跟我说实话，你从哪里得到这张赦免令，这位年轻女士是谁，你是不是疯了，还是在和我开玩笑？”

“我没说一句假话，也没有和您开玩笑，”古力士回答，“我是从教皇本人手里拿到的赦免令，我是从法兰西国王的王宫里把这位女士带出来的，她是法兰西国王的女儿。”

说完，他开始讲故事，把事情的经过完完整整地说给神父听，神父吃惊得不得了，好几次都忍不住叫出声来，甚至还拍起手来。

古力士说，以他所见，他觉得在他和小矮人们打断王宫里即将举行的婚礼之前，女孩对这门婚事并不满意，听他说到这里，女孩的脸红了。古力士更加确信，女孩宁愿像现在这样——尽管现在也很糟糕——也不愿意嫁给那个她讨厌的男人做妻子。古力士说，如果神父同意让女孩住在他家里，他会非常非常感谢神父。善良的神父回答，只要古力士愿意，他就让女孩住在这里，不过神父也不知道他们该拿女孩怎么办，因为他们没办法把女孩送回她父亲身边。

古力士回答说，他也为这件事情发愁，以他所见，他们现在什么也做不了，只能安安静静地等着有机会了再做点什么来改善情况。就这样，古力士和神父一起编了一套说辞，由神父对外宣称女孩是他兄弟的女儿，从别的郡来这里拜访他，神父还要告诉大家女孩是个哑巴，并且尽量不让大家靠近女孩。古力士和神父把他们的想法告诉了年轻的公主，公主用眼神表示她愿意听从他们的安排。

于是，古力士回了家。家里人问他去哪里了，他说自己在山沟脚下睡着了，在那里过了一夜。

当诚实的神父向邻居们展示教皇的赦免令时，邻居们都惊讶得不得了，神父又恢复了过去的职务，每一个人都很高兴，因为这个诚实的男人实在没做过错事，除了时不时地贪好杯中之物以外。即便如此，也没有人可以说他曾见神父喝了酒就失礼，神父和这个王国里的每一个人一样，喝酒的时候都会说："这杯酒祝您身体健康。"如果说看到神父又恢复了以前的职务让人们惊讶得不得了，那么，更让他们惊讶的是神父家里突然来了一个女孩，这个女孩从哪里来，到这里做什么，却没有一个人知道。有些人说，事事反常。其他人则说，教皇停了神父的职务是因为有人控告神父喝酒，不可能现在又让他恢复原来的职务。更多人说的是，古力士-纳-古斯-胡变得和以前不一样了，他们说古力士现在每天都去神父家，这可是个大新闻（也就是，让人大吃一惊的事情），他们还说神父有求于古力士而且很尊敬他，到底怎么一回事他们也没弄明白。

他们说的没错，是真话，经常是一天还没结束，古力士就去神父家了，去找神父说话，他去的时候总是希望再次见到那位年轻的公主，希望公主能开口说话。但是，哎呀！她还是安安静静不说话，既没恢复也没改善。公主没有别的办法说话，所以她和古力士交流的时候只能通过晃动手和手指，眨眨眼睛，张嘴闭嘴，大笑微笑，还有很多别的表情动作来表达自己的想法，用这样的方式，两个人很快就明白了对方的意思。古力士总是在思考怎样才能把公主送回她父亲身边，可是，没人陪她回去，古力士也不知道该走哪条路，因为在把公主带回来的那个晚上之前他从来没离开过自己的家乡。神父也不比他知道得更多，不过，在古力士的请求下，神父给法兰西的国王写了三四封信，信都交给了买卖东西的小贩，小贩们经常跨海旅行四处游走。然而，这些信都遗失了，没有一封送到国王手里。

他们就这样生活了好几个月。古力士一天比一天更爱这个女孩，在他和神父看来，女孩明显也爱他。最后，古力士忧愁极了，生怕国王听说自己的女儿在这里，把女儿从他身边带走，于是，古力士恳求神父不要再写信，把这件事情交给上帝决定。

就这样过了一年，直到有一天，古力士一个人躺在草地上，那是秋季最后一个月（就是10月）的最后一天，古力士在脑子里把自己跟着小矮人飞越大海那天经历过的所有事情又想了一遍。他突然想起来，他站在屋子山墙边的那个晚上是11月里的一个晚上，旋风刮过的时候，小矮人们就在旋风里。他心说，“今天又是一个11月的晚上，如果我站在去年的老地方，就可以再次等到好人们来。或许，我可以看到或听到一些对我有用的事情，或许还可以让玛丽重新开口说话”。——玛丽是古力士和神父给国王的女儿取的名字，因为他俩谁也不知道公主的本名。古力士把自己的想法告诉神父，神父便祝福他心想事成。

夜色变深以后古力士就去了圆形土堆，他站在那里，弯起胳膊肘靠在一面灰色的旧旗子上，等着子夜降临。月亮慢吞吞地爬上来，像一个火球跟在古力士身后，白天的热气消退，夜里的冷气凝结起来形成白雾，雾气在草地和沼泽地上空飘荡着。这个夜晚就像无风时的湖面，平静得没有一丝涟漪，也听不到别的声音，只有飞来飞去的昆虫偶尔嗡嗡两声；野雁从一个湖飞到另一个湖，在距离古力士头顶半英里高的空中飞过，突然发出沙哑的叫声；金色的千鸟和绿色的千鸟吹着尖锐的口哨，飞起来又躺下去，躺下去又飞起来，他们在平静的夜晚总是这样做。古力士头顶有成千上万颗星星在闪亮，外面开始结薄霜了，挂在他脚下的青草上，又白又脆。

他在那里站了一个小时，两个小时，三个小时，霜越来越厚，古力士一走动就能听到脚下草霜破碎的声音。最后，他在心里对自己说，小矮人们今晚不会来了，他还是回家为好，就在这时，他听见远处有个声音正向他靠近，古力士一下就认出了这个声音。声音越来越大，起初像海浪拍打石岸的声音，然后变成大瀑布坠落的声音，最后变成气势磅礴的松涛声，紧接着，一阵狂风旋转而过从四面八方冲进圆形土堆，小矮人们就在旋风里。

旋风来得如此突然，以至于古力士被刮得差点喘不上气，不过，他迅速恢复过来，支起耳朵，听小矮人们都说些什么。

小矮人们还没进圆形土堆就开始大喊大叫，高声谈笑，接着，每一个人都喊道："我的马，马笼头，还有马鞍！我的马，马笼头，还有马鞍！"古力士也鼓起勇气，像他们一样大声喊道："我的马，马笼头，还有马鞍！我的马，马笼头，还有马鞍！"然而，古力士的话音还没落，一个小矮人就喊起来:“噢啦！古力士，我的孩子，你又要和我们一起吗？你和你的女人过得怎么样？今天晚上叫你的马也没用。我担保，你不能再戏弄我们一次了。去年，你可是玩了一手好花招！”

“对，”另一个小矮人说，“他不能重施故技了！”

“他可不是个棒小伙嘛！就是去年那个小伙子！去年这个时候带走一个女人，这个女人永远也不能对他说‘您好！’”第三个小矮人说。

“或许，他就喜欢看着那个女人。”又一个声音说道。

“这个笨蛋不知道他家门口长了一棵草，只要用这棵草煮水给那个女人喝，她就能好起来。”又一个声音说道。

“你说得对。”

“他就是一个笨蛋。”

“别为他费心思了，我们要出发了。”

“我们把这个笨蛋留在这里。”

说完这些，他们就飞到空中，走的时候发出卢里阿-布里阿的声音，和他们来时发出的声音一样。小矮人们把可怜的古力士留在原地，古力士站在那里，两只眼睛睁得大大的，像要跳出来似的，他盯着小矮人们的背影，心里头打算着。

古力士站了一会儿便往回走，他在心里把看见的和听到的都琢磨了一遍，他想，不知道家门口是不是真有这么一棵药草可以让国王的女儿恢复说话的能力。“不可能啊，”他对自己说，“如果这是真的，他们不可能告诉我；不过，也有可能是那个小矮人不留神漏了口风。等太阳一出来，我就去找一找，看看房子四周除了蓟花和野草还有没有长别的植物。”

他回到家，虽然很累却一会儿都没睡，一直等着早上的太阳升起来。古力士起床后做的第一件事就是翻腾家门口的草丛，试图找出一种自己不认识的药草。果然，他才翻腾一会儿就在山墙边找到一大棵奇怪的药草。

古力士走过去，仔仔细细地端详着这棵药草，只见草的茎秆上长出七根分枝，每根分枝上长了七片叶子，叶子里有一团白色的汁液。“真奇妙啊，”古力士对自己说，“我以前从来没注意到这种草。一棵药草要有什么用处，就必须长得像这棵奇怪的草一样才行。”

他抽出刀把这棵草割下来带回家，回家后他把叶子扯掉，切开茎秆，一些浓稠的白色液体流出来，这种液体和苦苣被碾压时流出来的液体很像，不过这种药草流出来的液体更像油。

古力士把液体放进一个小锅里，往锅子里倒了一点水，再把小锅放在火上加热，锅里的水烧开后，他拿出一个杯子，把锅里的汁液往杯子里倒了半杯，端起杯子靠近嘴边。古力士脑子里突然闪过一个念头，也许，这杯子里的液体有毒，也许，这是那些好人们哄骗他的花招，正好让他毒死自己，或者，让他无意中毒死公主。古力士放下杯子，往自己的手指头上滴了几滴液体，再把手指头放进自己嘴里。不苦，真的，是甜的，味道很好。于是，他胆子变大了些，先喝了一个顶针的量，又喝了一个顶针的量，直到喝掉半杯才停下来。喝完以后他就睡着了，直到晚上才醒来，醒来的时候又饿又渴。

古力士只好等第二天太阳升起，他决心早上一醒来就去找国王的女儿，给她喝一杯这种药草的汁液。

到了早上，古力士一起床就拿着药草汁去了神父家，他从来没觉得自己像今天这样大胆勇敢，充满活力脚步松快，他十分确信，是他喝进肚子里的那杯药草汁让他变得如此精力充沛。

古力士赶到神父家的时候看见神父和年轻的公主都在屋里，他俩正疑惑得不得了呢，古力士怎么两天没来看他们了呀。

古力士把自己发现的一切都说给他们听，他说，他确定药草汁有很强的力量而且不会伤害公主，因为他自己已经试过了而且从中得了益处，说完，他让公主尝一口，并且发誓许诺这药汁没有一点害处。

古力士把杯子递给公主，公主喝了半杯就倒在床上睡得又香又沉，直到第二天才从睡梦中醒来。

古力士和神父一整夜都坐在公主身边守着她，等她醒过来，他俩就在希望和失望之间，在期待和害怕之间过了一整夜，期待着治好公主又害怕伤了她。

日过中天的时候，公主终于醒来了。她揉揉眼睛，看上去像一个不知道自己身在何处的人。当她发现自己和古力士还有神父待在同一间房里的时候，公主大惊失色，她一下子就坐了起来，拼命回忆发生了什么。

两个男人焦虑不安地等着看她是不是恢复了说话的能力，他俩沉默了两三分钟，神父开口对公主说："您睡得好吗，玛丽？"

公主回答说："我睡得好，谢谢您。"

古力士一听到公主说话就快乐地大叫起来，他跑到公主面前双膝着地，说道："万分感谢上帝让您重新说话，我心爱的公主，请您再和我说说话吧。”

公主告诉古力士她知道是古力士为她煮的药草汁，又把药草汁给她喝；公主还说自从她到爱尔兰以来古力士一直照顾她，她从心底感谢古力士对她的好，她让古力士相信她永远不会忘记这些。

古力士又满意又开心，立刻死了都愿意。他和神父给公主做了吃的，她胃口很好，心情也很好，一边吃饭一边不停地和神父说话。

后来，古力士回到自己家，他躺在床上伸开胳膊腿很快进入了梦乡，因为药草汁的作用还没完全过去，他又睡了一天一夜。古力士醒来以后去了神父家，发现年轻的公主和他一样，从他离开神父家那一刻起一直睡到现在。

古力士和神父一起走进公主的房间，在公主身边看着她，直到她再次醒来，公主和上次一样开口说话，古力士高兴得不得了。神父把吃的摆在桌上，三个人就一起吃饭。从那以后，古力士每天都去神父家，他和公主的友谊也越来越深厚，因为除了古力士和神父公主没有别人可以说话，她最喜欢的是古力士。

古力士只好告诉公主他是怎么在圆形土堆旁遇到那些好人的，是怎么找到教皇的，小矮人又是怎么从嘴里喷出火的，在好人们把公主抢过来之前他还做了些什么，这些都讲完以后，古力士就从头来过，把所有的事情重新再讲一遍，公主怎么都听不够，一点也不厌烦。

就这样过了半年，公主说她不能再等了，她要回父母身边去，她说父亲和母亲一定为她伤心得不得了，还说，如果她可以回去看他们却不回去，任凭他们伤心，她就太可耻了。神父使出全身解数想留她再住一段时间却没取得一点效果，古力士把他能想到的所有的甜蜜的话都说遍了，想要说服公主，哄着她让她留下来，也没什么作用。公主下定决心要走，没有一个活着的人能让她改变主意。

她没什么钱，小矮人把她扛走时，她什么也没带，只有手上的两枚戒指，头发里的金别针和鞋上的金扣子。

神父把这些拿去卖钱，再把钱交给公主，公主说她这就准备好出发了。

公主为神父和古力士祝福，和他们告别，然后就离开了。没等公主走远，巨大的悲伤和忧愁就向古力士袭来，他知道自己如果不在公主身边是活不长久的，于是，他便去追公主。

（在《故事集》中，接下来的四十二页讲述了古力士和公主返回法兰西王廷途中的奇遇。这部分内容有的来自其他故事，有的在变为文字的过程中被大量修改扩充，我在这里省略了这一部分，因为它不是真正的民间故事。除了很少的一点修饰之处，目前这个版本是真正流传于民间的故事。整个故事的结尾如下，讲述公主回归以及她与古力士的婚礼。）

一切安好，一切无恙。公主和古力士结了婚，他们举行了盛大的婚礼，如果那时我参加了婚礼，现在就不会在这里了。不过，我听一只小鸟说，他们俩幸福到老，一辈子无忧无虑，无病无痛，无灾无难，祝愿我也像他俩一样，祝愿我们都像他俩一样！

1　这些无法翻译的拟声词形容的是古力士听到的吵闹声。

世　界　尽　头　的　井

（业力-里-多湾的井）

很久以前——在圣帕特里克来之前——康诺特有一个老国王，他有三个儿子。国王有一只脚疼了很多年，一直都治不好。有一天，他派人去请来达尔格里克（有智慧的盲人），国王对达尔格里克说：

“我给你发了二十年薪给，你却不能告诉我什么可以治好我的脚。”

“您以前从来没问过我啊，”达尔格里克回答道，“在此，我向您禀奏，这世上没有别的东西能治好您的脚，除非从业力－里－多湾的井里打一瓶水来（业力－里－多湾是‘世界尽头’的意思）。”

第二天早上，国王把他的三个儿子叫来，对他们说：

“我的脚永远也好不了了，除非从业力－里－多湾的井里打一瓶水来，你们当中谁把这瓶水带给我，他就能继承我的王国。”

“我们明天就出发去找这口井。”三个儿子回答道。他们三人的名字是亚特、纳特（“力量”的意思）以及卡特[1]（“正确”的意思）。

第二天早上，国王给了三个儿子每人一袋金子，他们便出发了。三个人走到十字路口的时候，亚特说：

“我们各选一条路分头走，如果谁在一年零一天[2]之前赶回来了，就在这里等着另外两人回来；或者，在这里立一块石头作为标记，表示他已经平安回来了。”

于是，三个人就在十字路口道别，亚特和纳特一起找了一家小酒馆喝酒，卡特一个人出发了。卡特走了一整天，不知道自己该往哪里去。夜幕降临的时候，他走进了一片大树林，他在树林里走啊走，直到看见一座大房子。卡特走进房子里四处张望，一个人也没有，只有一只大白猫坐在炉火旁。大白猫一看见卡特就跳起来跑进了另一间屋子。疲惫的卡特在炉火旁坐下来。不多久，卧室的门打开了，一个老女人走出来。

“万分欢迎你，康诺特国王的儿子。”老女人对卡特说。

“您怎么认识我呢？”国王的儿子问道。

“噢，我在布维苏尼你父亲的城堡里度过了很多愉快的日子，你一出生我就认识你啦。”老女人回答。

接着，老女人为卡特准备了丰盛的晚餐并把食物递给他。卡特吃饱喝足以后，老女人对他说：

“你今天走了很远的路，跟我来吧，我带你去卧房。”说完，她把卡特带到一间漂亮的卧房，告诉卡特他的床在哪里。国王的儿子躺在床上进入了梦乡，直到第二天早上的阳光从窗户照进房间里，卡特才醒来。

他起床穿好衣服走出门，老女人问他要去哪里。

“我也不知道呢，”国王的儿子回答说，“我离开家是为了去找业力-里-多湾的井。”

“我去过很多地方，”老女人说，“但是从来没听说过什么业力-里-多湾的井。”

国王的儿子出了门，他一直走啊走，来到了两片树林之间的十字路口，却不知道应该选哪条路。他看见一棵大树下有个凳子，便走过去，发现凳子上写着：“此乃行人之座。”

国王的儿子在凳子上坐下来，很快他发现一位世上最可爱的女子正向他走来，女子身穿红色丝裙，对国王的儿子说：

“我经常听人说，好马不吃回头草。”

说完，这位美丽的女子就在国王的儿子眼前消失了，就好像脚下的土地把她吞进了肚子里。

国王的儿子便站起身，继续往前走。那天他一直走到夜幕降临，不知道哪里可以落脚投宿。他看见树林里有一点亮光，就朝着那光亮之处走过去。这点光亮来自一座小房子。这座房子由一整片羽毛建造而成，房子外面没有一根羽毛杆儿，房子里面也没有一根羽毛根儿。卡特敲敲门，一个老女人打开门。

“上帝保佑我们。”国王的儿子说。

“万分欢迎你，布维苏尼城堡之王的儿子。”老女人对他说。

“您怎么会认识我呢？”国王的儿子问道。

“你的奶妈是我的姐妹，”老女人回答说，“进来坐吧，我给你准备晚餐。”

国王的儿子吃饱喝足以后，老女人安排他去睡觉。第二天早上，国王的儿子起床后便祈求上帝给他指路，告诉他该选哪条路碰碰运气。

“今天你要去哪里呀？”老女人问。

“我也不知道呢，”国王的儿子回答说，“我要去找业力－里－多湾的井。”

“我在这里住了三百年，”老女人说，“可我从来没听说过什么业力－里－多湾的井。不过，我有一个姐姐，或许，她知道。我给你一个银球，你出门上路以后就把这个银球扔在地上，跟着这个球就能找到我姐姐的家。”

国王的儿子出门上路以后把球扔在地上，跟着这个球一直走到太阳下山。他走进一片树林，来到一座小房子门前。他敲敲门，一个老女人打开门说道：

“万分欢迎你，布维苏尼城堡之王的儿子，昨天你在我妹妹家歇了一晚，今天又走了很远的路吧。坐下来，我给你准备了晚餐。”

国王的儿子吃饱喝足以后，老女人安排他去睡觉，他一直睡到第二天早上才醒来。老女人问他：

“你要去哪里呀？”

“我也不知道呢，”国王的儿子说，“我离开家是要去找业力-里-多湾的井。”

“我都五百多岁了，”老女人说，“可我从来没听说那个地方，不过，我有一个兄弟，如果世上有这个地方，他一定知道。他就住在离这里七百英里远的地方。”

“离这里很远呢。”国王的儿子说。

“你今天晚上就能赶到。”老女人对他说。

说完，老女人送给国王的儿子一匹阉过的小马，这匹马只有一只山羊那么大。

“这个小家伙怕是载不动我呀。”国王的儿子说。

“别急，你骑上去看看。”老女人回答。

国王的儿子上了马，小马撒蹄就跑，像闪电一样快。

太阳下山了，那天晚上，国王的儿子来到树林里的一座小房子前。他下了马走上前，不多时，一位白头发的老头走出门对他说：

“万分欢迎你，布维苏尼城堡之王的儿子。你在找业力-里-多湾的井吧？”

“是的，千真万确。”国王的儿子回答。

“在你之前很多人去找过，但是，没有人活着回来，”老头说，“不过，我会尽最大的努力帮助你。今天晚上在这里歇一晚，明天我们活动活动。”

说完，他做好晚餐，把食物递给国王的儿子。国王的儿子吃饱喝足后，老头安排他去睡觉。

第二天早上，老头对国王的儿子说：

“我找到业力－里－多湾的井的位置了，那地方离这里很远，路上要经历千难万险。我们必须确保你会用硬弓。”

于是，老头把国王的儿子带到树林里，给了他一把弓，又在一棵离他四十码远的树上做了一个记号，要国王的儿子拉开弓射这个记号。国王的儿子拉开弓射中了这个记号。

“好了，你能干这活。”老头说。

他们回到家里，一整天都在讲故事，一直讲到夜幕降临。

夜幕降临以后，老头给了国王的儿子一把弓和一捆尖利的箭，对他说：

“你跟我来。”

他们来到一条大河边，老头说：

“你趴到我背上来，我背着你游过这条河，如果你看见一只大鸟飞过来，就杀了它，否则我们就会迷路。”

国王的儿子趴到老头背上，老头背着他下了河。游到大河中间的时候，国王的儿子看见一只大鹰飞过来，鹰嘴是张开的，国王的儿子抽出弓射伤了这只鹰。

“你射中他了吗？”老头问。

“我射中他了，”国王的儿子回答，“不过，他又来了。”

国王的儿子再次拉弓射箭，大鹰摔下来死了。

他们上岸以后，老头说：

“这就是业力-里-多湾的井所在的岛。女王还在睡觉，要睡足一年零一天才会醒来，她七年才睡一次。业力-里-多湾的井的大门由一头狮子和一个怪物守护，他们和女王同一时间入睡，所以你现在进去不会遇到麻烦。这里有两个瓶子，给你自己装一瓶井水，再给我也装一瓶，它会让我恢复青春。”

国王的儿子出发了。走到城堡跟前时他看见那头狮子和那个怪物正守在大门的两侧睡觉呢。进去以后，他看见一个巨大的轮子正把水从井里摇出来，于是，他走过去装了两瓶水。回来的时候，国王的儿子看见城堡里亮着灯，他透过窗户往里瞅，看见一张大桌子。桌子上摆着一条面包，一把刀，一个瓶子，还有一个杯子。国王的儿子进去倒了一杯水，瓶子里的水却一点也没减少，他注意到瓶子和面包上写了字，瓶子上写着“世界之水”，面包上写着“世界之粮”。他从面包上切下一片，面包却变得更大了。

“多遗憾啊！我们国家没有这样的面包和水，”国王的儿子心想，“如果我们也有这样的面包和水，穷人就再也不会忍饥受渴了！”

他走进一间大卧室，看见女王和十一个侍女正在睡觉，女王头上挂着一把亮光闪闪的剑，就是这把剑发出的光照亮了整个城堡。

看见女王的时候，国王的儿子对自己说：“这么美的唇如果不吻一吻就太可惜了。”说着，他吻了吻女王，女王没有醒；于是，他又对十一个侍女做了同样的事。然后，他取下剑，拿起瓶子和面包回到老头那里，不过，他没有告诉老头他拿了这些东西。

“你的计划进行得怎么样？”老头问道。

“我要找的东西找到了。”国王的儿子回答。

“你离开我以后有没有看见任何神奇的东西？”老头又问。

国王的儿子告诉老头他看见了一条神奇的面包，一个神奇的瓶子，还有一把神奇的剑。

“你没碰这些东西吧？”老头说，“躲开它们，它们会给你带来麻烦。来吧，趴到我背上来，我带你过河。”

他们回到老头家以后，老头喝了瓶子里的水就变成了一个年轻人。他对国王的儿子说：

“现在，我的姐妹们和我都不再受魔法控制了，她们也变回年轻人啦！”

国王的儿子留在那里直到一年零一天过去了一大半。然后，他准备启程回家。但是，我很抱歉，那匹小马没有送他回家。第一天，他走了一整天直到夜幕降临。他看见一座大房子便走上前敲门，房子的男主人打开门走出来。

“您可以让我借宿吗？”国王的儿子问。

“可以，”房子的男主人回答，“不过，家里没有灯为你照明。”

“我自己有灯。”国王的儿子说。

他走进屋里，抽出剑，剑发出的光照亮了他和房子的男主人，也照亮了这岛上的所有人。他们招待国王的儿子吃了一顿丰盛的晚餐，国王的儿子就去睡觉了。第二天早上，国王的儿子准备离开时，房子的男主人以上帝的荣耀为名请求国王的儿子把这把剑留下来给他们。

“既然你以上帝的荣耀为名求这把剑，我就把它给你。”国王的儿子回答。

第二天，国王的儿子依然走了一整天，直到夜幕降临。他来到另一座大房子跟前，敲了敲门，不久，房子的女主人打开门走出来，国王的儿子问她能不能在她家借宿。这时，房子的男主人也出来了，对国王的儿子说：

“我可以让你借宿，不过，家里没有一滴水可以为你做吃的。”

“我自己带了很多水。”国王的儿子回答。

他走进屋里，拿出那个瓶子，把房子里所有的容器都灌满水，瓶子里的水仍然是满的。于是，房子的主人为他做好晚餐，他吃饱喝足以后就去睡觉。第三天早上，当国王的儿子要离开的时候，房子的女主人以上帝的荣誉为名请求他把瓶子留下来给他们。

“碰巧您是以上帝的荣誉为名求这个瓶子，”国王的儿子回答说，“既然如此，我不能拒绝您，因为我的母亲施法让我担负了神秘的义务，那就是，在她去世之前，我永远不许拒绝人们以上帝的荣誉为名向我求取的任何东西。”

就这样，国王的儿子把瓶子留给了这家的主人。

第三天，他依然走了一整天，直到夜幕降临。路边有一座大房子，他走上前敲敲门，房子的男主人打开门走出来，国王的儿子问房子的男主人能不能在他家借宿。

“我可以让你借宿，欢迎你，”房子的男主人说，“不过，我很抱歉，我不能为你提供面包，家里一口面包都没有啦。”

“我自己带了很多面包。”国王的儿子回答。

他走进屋里，拿起刀子，开始切那条面包。当桌上摆满面包片的时候，他那条面包还和开始的时候一样大。房子的主人为他准备好晚餐，他吃饱以后就去睡觉。第四天早上，当国王的儿子准备离开时，房子的主人以上帝的荣誉为名请求他把那条面包留给他们，他就把那条面包留给了房子的主人。

现在，那三样东西都不在他身上了。

第四天，国王的儿子依然走了一整天，直到遇见一条大河。他没办法过河，便跪下来向上帝求助。半分钟后，他又看见了那位美丽的女子，就是那天他离开第一位老女人家时见到的美丽女子。美丽的女子走近他，对他说："布维苏尼堡之王的儿子，你成功了吗？"

"我找到了我要找的东西，"国王的儿子回答说，"但是，我不知道怎么才能过河。"

美丽的女子拿出一口顶针，说道："我不会眼看着你父亲的儿子没有船过河。"

说着，她把顶针扔进河里，顶针就变作一艘华美的船。

"现在就上船吧，"女子说，"等你到了对岸，就会看见一匹坐骑，它会把你带到十字路口，也就是你和你的兄弟们道别的地方。"

国王的儿子上了船，没过多久就到了河对岸，他看见一匹白色的坐骑便骑上去，这匹白色的坐骑撒蹄就跑，快得像风一样。大概十二点钟，国王的儿子就到了十字路口。他四处张望，既没看见他的兄弟们也没看见立起来的石头，就对自己说："他们或许在小酒馆里。"国王的儿子走进小酒馆，看见了亚特和纳特，他俩已经醉得很厉害了。

亚特和纳特问卡特，自从那天分别后他过得怎么样。

“我已经找到了业力－里－多湾的井，而且打了一瓶井水。”卡特回答。

纳特和亚特听了以后十分嫉妒，他俩对彼此说：“由最小的儿子继承王国，这可真是奇耻大辱。”

“我们要杀了他，把那瓶水带给父亲，”纳特说，“而且，我们要说是我俩去业力－里－多湾的井把水打回来的。”

“我不同意你这么做，”亚特说，“我们可以把他灌醉，从他身上把那瓶水拿走。父亲相信我和你甚过相信我们的弟弟，因为他觉得卡特什么都不是，就是半个傻瓜。”

“你看，”亚特对卡特说，“既然我们碰巧都平平安安地回来了，就在回家之前一起好好地喝一杯吧。”

他们叫来一夸脱威士忌，让卡特喝了一大半，就这么把卡特灌醉了。然后，他俩从卡特身上拿走那瓶水回到家里，把水给了国王。国王在自己的脚上滴了一滴水，脚就恢复如初了。

亚特和纳特告诉国王他们费了很大力气才取到这瓶水，还说他们为了取水不得不与巨人搏斗，遭遇了很多危险。

“你们在路上见到卡特没有？”国王问道。

“他和我们道别后就一直待在小酒馆里，一步也没离开过，”亚特和纳特回答说，“他现在还在小酒馆里呢，都醉傻了。”

“他永远都没出息，”国王说，“不过，我不能放任他待在那里。”

于是，国王派了六个人去小酒馆把卡特扛回家。卡特醒来以后成了仆人，国王要他把城堡里所有的脏活都做完。

一年零一天过去以后，业力－里－多湾的井的女王和她的侍女们都醒了，女王发现自己身边多了一个年幼的儿子，她的十一个侍女也是如此。

女王大为光火，她派人叫来狮子和怪物，问他们她留下来看守城堡的老鹰去哪里了。

“他一定是死了，否则，您一醒来他就会在这里。”狮子和怪物回答。

“我被毁了，我的侍女们也被毁了，”女王说，“不找到我儿子的父亲我是不会善罢甘休的。”

于是，她叫人为她备好施了魔法的马车，马车由两只小鹿拉着。女王坐着马车来到国王的儿子借宿过的第一座房子跟前，询问最近是不是有陌生人来过。房子的男主人说是的。

“那就对了，”女王说，“他留下一把像光一样明亮的剑，对吗？那是我的剑，如果你不马上把剑还给我，我就把你的房子掀个底朝天。”

房子的主人把剑给了女王，女王继续往前走，直到看见国王的儿子借宿过的第二座房子，她问最近是不是有陌生人来过。房子的主人说是的。“那就对了，”女王说，“他留下一个瓶子，对吗？快把瓶子还给我，不然我就把你们的房子掀个底朝天。”

房子的主人把瓶子给了女王，女王继续往前走，直到看见第三座房子，她问最近是不是有陌生人来过。房子的主人说是的。

“那就对了，”女王说，“他留下一条永远吃不完的面包，对吗？那是我的面包。如果你们不马上把面包还给我，我就把你们都杀了。”

女王拿到面包以后继续前行，她不停地赶路直到看见布维苏尼堡。女王抽出库里亚-阔里克，就是作战的棍子，国王闻声走出来。

“你有儿子吗？”女王问道。

“我有。”国王回答。

“把他叫出来让我见一见。”女王说。

国王叫亚特出来，女王问亚特：“你去过业力-里-多湾的井吗？”

“我去过。”亚特回答。

“你是我儿子的父亲吗？”女王又问。

“我想我是。”亚特回答。

“我很快就知道是不是。”女王说。

说着，她从头上拔下两根头发，把它们往墙上一扔，这两根头发就变作一架梯子直达城堡的顶部。女王对亚特说：“你如果去过业力-里-多湾的井，就能爬到那架梯子的顶端。”

亚特沿着梯子往上爬，爬到半路就摔下来，大腿也摔断了。

“你从来没去过业力-里-多湾的井。”女王说。

接着，女王问国王：“你还有别的儿子吗？”

“还有。”国王回答。

“叫他出来。”女王说。

纳特出来了，女王问他：“你去过业力-里-多湾的井吗？”

“我去过。”纳特回答。

“你如果去过，就爬到那架梯子的顶上去。”女王说。

于是纳特开始沿着梯子往上爬，可是，他没爬多高就摔下来，摔折了脚。

“你根本没去过业力－里－多湾的井。”女王说。

女王又问国王还有没有别的儿子，国王说有。“但是，”国王说，“他就是半个傻子，从来没离开过家。”

“叫他来这里。”女王说。

卡特来了以后，女王问他：“你去过业力－里－多湾的井吗？”

“我去过，”卡特回答说，“我在那里看见您了。”

“爬到那架梯子的顶上去。”女王说。

卡特像猫一样爬到梯子顶端，他从梯子上下来以后女王说：“你就是那个去业力－里－多湾的井的人，你就是我儿子的父亲。”

卡特说出哥哥们对他使的花招，女王听了要去杀亚特和纳特，直到卡特为哥哥们求情才作罢。国王说他的王国必须由卡特继承。

于是，父亲为卡特穿戴停当，又在他的脖子上挂了一串金链子，卡特与女王一起上了马车，告别父亲前往业力－里－多湾的井。

女王的侍女们热烈欢迎国王儿子的到来，所有的侍女都走到国王的儿子跟前，每个人都请求国王的儿子娶她。

国王的儿子在那里生活了二十一年，直到女王去世。后来，他带着他的十二个儿子回到高威的家。每一个儿子都娶了一个妻子，高威的十二个部族就是他们的后代。

1 这三个名字的发音与字形不完全对应。正确的发音是“亚特”（yart），“恩亚特”（在yart前有一个n，读作n' yart）以及“卡亚特”（在yart前有一个c，读作c' yart）。

2 英国习惯法中有一条“一年零一天”的古老规则。根据这条规则，如果一个死亡事件的发生超过了一年零一天，就不应被视为谋杀，也就是说，嫌疑人不会因为一年零一天之前的谋杀事件被起诉。——译者注

克　里　诺　庄　园

很久以前，很多绅士来到梅奥郡和罗斯康芒郡之间的一条河边，在岸上选了一个景色优美的地方建了一个庄园。附近村子里的村民不知道这些绅士从哪里来，只知道他们都叫麦克唐纳尔。附近的村民和这些绅士在很长一段时间里都没什么来往，直到一场大瘟疫降临，成百上千的人都因为这场瘟疫得病而死。

一个穷寡妇的独子在这场毁灭性的瘟疫中得了病，病得快要死了，穷寡妇没有一滴奶给儿子喝。一天，这个穷寡妇走到绅士们住的庄园外，他们问穷寡妇来这里找谁。穷寡妇回答说，她唯一的儿子因为这场瘟疫快要死了，她却没有一滴奶给儿子喝。

“你的处境真是艰难，”庄园里的一位夫人对穷寡妇说道，“我给你一些牛奶和治病的药，一个小时以后你的儿子就会好起来，恢复以前的样子。”说完，这位夫人递给穷寡妇一个锡罐，告诉穷寡妇：“回家吧，只要你和你的儿子活着，这个罐子就永远不会空，不过，你要保守秘密，不要告诉任何人你是从这里得到罐子的。你回家后在牛奶里放上一片玛丽的三叶草（大概就是四片叶子的三叶草？），再把奶给你的儿子喝。”

寡妇回到家，在牛奶里放了一小片四片叶子的三叶草，然后把奶拿给儿子喝。一个小时以后，她的儿子就站起来，恢复得和以前一样了。于是，女人带着她的罐子走遍了附近的村子，把罐子里的奶分给村里的人喝，没有一个喝了奶的人不在一个小时后恢复健康的。

没过多久，玛利亚·妮·克里根（即玛丽·克里根）的名声就传遍了全国，玛利亚·妮·克里根是寡妇的名字，不多久她就赚到了满满一袋金子和银子。

一天，玛丽去卡提亚布朗克斯参加纪念主保圣人的庆祝活动，她喝酒喝得太多，大醉之下把那个秘密说了出来。

玛丽喝醉以后睡得昏昏沉沉，等她醒过来那个罐子已经不见了。玛丽又后悔又难过，走到离卡提亚布朗克斯一英里远、一个叫作普尔伯恩（意思是“白色的洞”）的地方时，她一时想不开就跳了河。

现在每个人都知道了，只要去克里诺庄园就能得到一个包治百病的罐子。第二天早上，很多人一起来到克里诺庄园，却发现庄园里的人都死了。消息传出去以后，成百上千的人聚在庄园外面，却没人能进去，因为庄园浓烟滚滚，里面传出闪电和打雷的声音。

他们找人给神父报信，神父住在巴拉汉迪林，他听了消息后说道：“庄园不在我的教区里，和我没什么关系。”那天晚上，人们看见庄园里有一道很亮很亮的光，大家都非常害怕。到了第三天，他们找人给里撒胡尔的神父报信，但里撒胡尔的神父也不愿意过来，因为庄园不在他的教区里。人们又找人给基尔摩维的神父报信，可是，基尔摩维的神父也找了一模一样的借口。

卡提亚摩恩有很多穷修士，他们听说这件事后就一起来到庄园，没带其他人。

他们一走进庄园就开始念祈祷文，但是，他们没看见任何尸体。过了一段时间以后，浓烟消散，闪电和雷鸣也停止了，一扇门打开，从里面走出一个巨人。修士们注意到这个人只有一只眼睛，这只眼睛长在他的脑门上。

“以上帝的名义，你是谁？”修士中的一位问道。

“我是克里诺，罪恶之眼贝洛的儿子。你们不要害怕，我不会伤害你们，因为你们是勇敢善良的人。以前住在这里的人永远安息了，身体如此，灵魂也如此。我知道你们很穷，你们周围还有很多穷人。我给你们两个钱袋，一个钱袋属于你们，另一个分给那些穷人。钱袋里的钱用完以后，你们再来这里。我不属于这个世界，但我不会伤害任何人，除非他先伤害我，你们务必离我远远的。”

他拿出两个钱袋给修士们，并对他们说：“你们走吧，好好修行。”修士们回家以后召集了附近的穷人，把钱分给他们。村民们向修士们打听他们在庄园里看到了什么，修士们回答说：“我们在庄园里看到的每件事都是秘密，我们建议大家不要靠近庄园，这样就不会遭遇任何危险。”

听说修士们从庄园里得到了很多钱，神父们十分眼馋，他们三人一起来到庄园，心里谋算着要像修士们一样捞点钱财。

神父们一走进庄园就大声嚷嚷道：“这里有人吗？这里有人吗？”克里诺从卧房里走出来，问他们：“你们找谁？”“我们来这里是和您交朋友的。”神父们回答。“我以为神父是没有撒谎这个恶习的，”克里诺说，“你们来这里是想像那些穷修士一样得到钱财吧。村民们找人请你们来的时候，你们害怕不敢来，现在你们别想从我这里得到一个铜板，因为你们不配。”

“你难道不知道我们有权力把你从这里赶出去吗？”神父们说，“你如果不变得有礼貌一点，我们就要行使我们的权力了。”

“我才不怕你们的权力，”克里诺回答道，“我的权力比爱尔兰所有神父的权力加在一起还要大。”

“撒谎！你在撒谎！”神父们喊道。

“我今天晚上就使出一点点来让你们看看，”克里诺说，“我要把你们家房顶上的每一根枝条都扫到那边的河里去，而且，只要我愿意，就可以用目光杀死你们。明天早上，你们就会在河里发现你们家的房顶。从现在开始，不许再问我任何问题，也不许再威胁我，否则你们会更惨。”

神父们听了很害怕，便离开庄园回了家。不过，他们并不相信自己家的屋顶会在第二天早上之前消失。

那天晚上，大约到了午夜时分，三个神父家里突然狂风大作，狂风把他们的屋顶都吹进了庄园前面的河里。三个神父又惊又怕，每根骨头都害怕得打颤，只好跑到邻居家里一直躲到第二天早上。

第二天早上，三个神父一起来到庄园对面的河边，看见自己家的屋顶在河面上漂来荡去。他们派人把修士们叫过来，求修士们去克里诺庄园走一趟，代替他们向克里诺求和，并且告诉克里诺他们再也不会去给他添麻烦了。修士们来到克里诺庄园，克里诺对他们表示欢迎并问他们来庄园有什么事。修士们说：“我们从三位神父那里来，代替他们向您求和，他们再也不会给您添麻烦了。”“好吧，他们这样就对了，”克里诺回答道，“你们跟我来，看着我把他们三人的房顶放回原处。”修士们跟着他来到河边，克里诺用两个鼻孔吹起一阵狂风，三个屋顶都从河面飞起来，被风吹回原处。神父们见了都惊叹不已，他们说：“魔法的力量还是这么大，还没有从这个国家消失呢。”从那一天起，无论是神父还是别的什么人都不敢再靠近克里诺庄园。

玛丽·克里根死后一年，卡提亚布朗克斯又举行纪念主保圣人的庆祝活动。很多年轻人赶来参加活动，其中有一个名字叫作波丁的正是玛丽 · 克里根的儿子。这些年轻人喝了很多威士忌，一个个醉得糊里糊涂。他们结伴回家时，波丁 · 奥克里根说："那个庄园里有很多很多钱，你们有胆子就能拿到。"这十二个年轻人正是酒劲上来的时候，所以他们回答说："我们有胆子，我们要去庄园。"一行人到了庄园门口，波丁 · 奥克里根喊道："开门！开门！不开我们就破门而入了！"克里诺走出来，对他们说："你们如果不回家，我就让你们睡上一个月。"他们想上前抓住克里诺，却见克里诺用两个鼻孔吹起一阵狂风，把这伙年轻人吹到了一个名叫里斯德鲁姆尼尔的古老的圆形石堆里。接着，克里诺对他们施了一个沉睡咒，这伙人头上便出现了一大片云。从那以后，这个地方就没有别的名字了，唯一的名字就是里斯德鲁姆尼尔（意思是"重云之堡"）。

第二天早上，人们前前后后都找遍了也没找到这伙年轻人，大家都伤心得不得了。一整天过去了，这伙年轻人还是没有任何音讯。人们都说，是克里诺杀了他们，因为有人看见他们去了庄园。这伙年轻人的父母一起去找修士们，祈求修士们去找克里诺，要克里诺告诉他们这些年轻的孩子在哪里，是死是活。

修士们找到克里诺，克里诺告诉他们那伙年轻人想找他麻烦，却被他施了魔法正在重云之堡睡着呢。"请您宽宏大量，这次就饶恕他们吧，"修士们请求克里诺，"他们那是喝了威士忌以后发酒疯，以后不会再犯了。""既然是你们向我求情，我这次就放了他们；他们如若再来，我就让他们睡上七年。来吧，随我去看看他们。"

“我们腿脚不好，”修士们说，“我们得走很久才能走到他们睡觉的重云之堡呢。”

“你们用不了两分钟就能到那里，”克里诺回答说，“从那里回家也用不了两分钟。”

说完，克里诺带着修士们出了门，他用嘴吹起一阵狂风把修士们送到里斯德鲁姆尼尔，他自己也在同一时刻到了那里。

修士们看见古老的圆形石堆里躺着十二个年轻人，在一片云朵之下沉睡不醒，这可真是让他们惊叹不已。“现在，”克里诺说，“我就送他们回家。”他朝这些年轻人吹气，他们便像小鸟一样飞到空中，没多久，每个年轻人都回到自己家，修士们也回来了。我向你保证，他们此后再也没去过克里诺庄园。

从此以后，克里诺在庄园里生活了很多年。一天，修士们去拜访他，却怎么也找不到他。人们都说修士们因为克里诺发了大财。由于人人都不敢进去也不敢住在里面，庄园的屋顶慢慢腐朽，最后完全坏掉了。那以后很多年，人们都不敢走近这个老旧的庄园，只敢在庄园一英里外的地方徘徊。这个老庄园现在只剩下一小片屋墙了，不过，从那时起到现在，它的名字都没变，一直叫库尔特克里诺（意思是“克里诺的庄园”）。

尼 尔 · 奥 卡 利

尼尔这个人做事情一点也不精细。他对妻子说，他要去铁匠铺打一套医生用的器具。第二天，他就去了铁匠铺。“您今天打算做什么呀？”铁匠问他。“我要你给我打一套行医的家伙事。”“给您打一套什么样子的家伙事呢？”“打一把克鲁姆斯金和一把高尔斯金吧。”（他的意思大概是一把弯刀和一把白色的刀）铁匠就给他打了两把刀。尼尔带着刀回家了。

天亮以后——第三天——尼尔 · 奥卡利起床了。他准备去行医。尼尔出了门，走着走着，看见一个红头发的小伙子站在大路旁。小伙子和尼尔 · 奥卡利打招呼，尼尔也和他打招呼。“您要去哪里呀？”红头发的小伙子问尼尔。“我要去做医生。”“这可是个好行当，”红头发的小伙子说，“您如果雇我做助手就最好啦。”“你要多少工钱呢？”尼尔问他。“等我们回到这里的时候，看看我们挣了多少钱，您把其中的一半付给我就行。”“好的，我分给你一半。”尼尔回答说。于是，两人结伴继续赶路。

“有一个国王的女儿，”红头发的小伙子说，“她快要死了；我们去找她吧，看看我们能不能救活她。”就这样，他们来到城堡门前。看门人走到他们面前，问他们来这里做什么。尼尔和小伙子回答说，他们来这里是为了看一看国王的女儿，看看他们能不能救活她。国王听了便让他俩进来。他俩进了城堡。

他俩走到那个女孩躺着休息的地方。红头发的小伙子走上前抓住女孩的手腕，感受她的脉搏。小伙子说，如果他的主人能够得到酬劳他就可以治好公主。国王对小伙子说，无论他的主人要什么样的奖赏都可以。小伙子又说：“如果房间里只有我和我的主人，那就更好了。”国王同意了。

小伙子叫人端给他一小锅水。他把小锅放在火上，对尼尔·奥卡利说："医生的器具在哪里？""在这里，"尼尔回答道，"一把克鲁姆斯金（弯刀）和一把高尔斯金（白色的刀）。"

小伙子把克鲁姆斯金架在女孩的脖子上，把女孩的脑袋割下来。接着，他从自己的衣袋里掏出一根绿色的药草，把药草揉碎了撒在女孩的脖子上，女孩一滴血都没流。小伙子又把女孩的脑袋扔进小锅里，把水烧开。他抓住女孩头上的两只耳朵，把头从小锅里拎出来，安回女孩的脖子上。女孩的头和脖子严丝合缝地连在一起，和以前一模一样。"现在你感觉怎么样？"小伙子问女孩。"我觉得自己恢复得和以前一样了。"国王的女儿回答道。

大个子男人[1]大叫起来。国王闻声跑来，高兴得不得了。国王不让尼尔和红头发的小伙子离开，留他们住了三天。尼尔他们准备离开的时候，国王叫人拿来一袋钱币。他把钱币倒出来摆在桌子上，问尼尔这些够不够。尼尔说足够了，这些太多了，他俩只要其中的一半。国王请求他们把这些都收下。

"另外还有一个国王的女儿等着我们去看呢。"尼尔和红头发的小伙子与这个国王道别，来到另一个国王的城堡。

他们去看公主的情况。两人来到公主躺着休息的地方，看见公主睡在床上。红头发的小伙子用了和上次一模一样的办法治好了公主。国王感激万分，对他们说，无论尼尔向他要多少酬金他都愿意给。国王给了尼尔三百镑。他俩便离开王宫回家。"在某某地方有一个国王的儿子，"红头发的小伙子说，"不过，我们不去找他，我们要带着现有的钱币回家。"

说完，他们就一起往家走。除了钱币，国王还赏给他俩十头小母牛，让他俩带回家。他俩带着小母牛一起往家走。走到尼尔·奥卡利雇用红头发小伙子的地方，红头发的小伙子说：“我看，这就是我们第一次相遇的地方。”“我看没错，”尼尔·奥卡利说，“千真万确，那我们怎么分钱？”红头发的小伙子回答道：“对半分啊，当初不是说好了吗？”尼尔·奥卡利却说：“我觉得给你一半太多了，给你三分之一就够了。这把克鲁姆斯金和高尔斯金可是我的，你什么也没有。”红头发的小伙子说：“除非分我一半，否则我一个子儿都不拿。”他俩为着钱的分配吵起来，最后，红头发的小伙子扔下尼尔自己走了。

尼尔·奥卡利骑着他的牲口往家走，一边走一边驱赶国王赏给他的那些小母牛。那天天很热。小母牛们前前后后蹦得挺欢，尼尔·奥卡利得使劲把她们拽回来。他拽回来这一头，那一头又跑掉了，拽回来那一头，这一头又跑掉了。尼尔把他那匹阉过的马拴在树上，到处去抓那些四处乱跑的牛。最后，所有的小母牛都不见了。尼尔也不知道她们去了哪里。他回到自己拴马和钱袋子的地方，却发现马和钱袋子都被偷走了。尼尔不知道自己应该怎么办，他想，他应该去找那个儿子生了病的国王。

尼尔朝着国王城堡所在的方向走。进了城堡，尼尔来到国王儿子躺着休息的地方，他上前抓住小伙子的手腕，摸了摸他的脉搏。尼尔心想自己可以救活这个小伙子。“如果你治好了我的儿子，”国王对尼尔说，“我就给你三百镑。”“如果房间里只有我就好了，一会儿工夫就行。”尼尔说。国王同意了他的请求。尼尔叫人端给他一小锅水。他把小锅放在火上。接着，尼尔拿出他的克鲁姆斯金走到国王的儿子身边，学着红头发小伙子的做法去割国王儿子的头。尼尔割了一会儿，国王儿子的头却没从脖子上掉下来。血已经流出来了。最后，尼尔终于把国王儿子的头割了下来，他把头扔进小锅，把水烧开。尼尔觉得头已经煮得差不多了就想把它从小锅里拿出来。他拎起头上的两只耳朵，国王儿子的头掉进格里格里面（意思是汩汩翻腾的开水里），尼尔的手里只剩下两只耳朵。国王儿子流了很多血。血从他的脖子上流下来，流到地上，一直流到门外面。国王看到血流出来就知道他的儿子死了。他要尼尔开门，尼尔不肯开门。仆人们破门而入。国王的儿子已经死了。地上到处都是血。国王的仆从抓住尼尔·奥卡利。第二天他将被吊死。国王的仆从召集了一队卫兵看守尼尔，等着带他去绞刑场行刑。第二天，卫兵们押着尼尔出发了。快要走到行刑的大树跟前时，尼尔尖叫起来，他们让尼尔住嘴。这时，他们看见一个脱掉衣服的男人像和人赛跑一样飞奔过来，男人飞跑的时候周身还笼罩着雾水。男人跑到他们面前，大声嚷嚷道："你们要对我的主人做什么？"他们回答说："如果这个人是你的主人，你就得和他撇清干系，否则你也要和他一样被绞死。"跑过来的男人说："应该受惩罚的人是我，是我来晚了。他派我去取药，我没及时赶回来，放开我的主人，或许，他还来得及救活国王的儿子。"

他们放开尼尔，一起回到国王的城堡。红头发的男人走进那个已死之人的房间，开始收集小锅里的骨头。他把骨头收集到一起，却缺了两只耳朵。

"您把他的两只耳朵放到哪里去了？"

"我不记得了，"尼尔·奥卡利回答说，"我当时吓坏了。"

红头发的男人找到两只耳朵，把两只耳朵放在一起。接着，他从衣袋里掏出一根绿色的药草，把药草揉碎抹在国王儿子的头上。只见头上又长出新的皮肤，还有头发，都和以前一模一样。红头发的男人把头放进小锅里，把水烧开。他把头从小锅里取出来放回国王儿子的脖子上，头和脖子又像以前一样严丝合缝地连在一起了。国王的儿子从床上坐起来。

“现在，您觉得怎么样？”红头发的男人问国王的儿子。

“我很好，”国王的儿子回答道，“就是觉得有点没力气。”

红头发的男人大声叫人请国王过来。国王见到自己的儿子还活着高兴得不得了。那天晚上他们高高兴兴地庆祝了一番。

第三天尼尔和红头发的男人要离开的时候，国王数了三百镑钱币赏赐给尼尔·奥卡利。国王对尼尔说如果觉得不够他就再多给一些。尼尔·奥卡利回答道，这些已经足够了，他一个便士也不会多拿。就这样，尼尔与国王道别，说完祝福的话以后就出了城堡往自己家走。

尼尔和红头发的男人走到了两人上次吵架的地方。红头发的男人说：“我想，这就是上次我俩意见不一致的地方。”尼尔·奥卡利回答说：“对，就是这里。”说完，他俩坐下来分钱。尼尔分出一半钱币给红头发的男人，剩下的一半留给自己。红头发的男人和尼尔道别后就离开了。走了一段路以后，红头发的男人反身走回来，“我又回来了，”他对尼尔说，“我的想法变了。所有的钱币都留给您。您是个大手大脚的人。您还记得吗？有一天您路过一个墓地，墓地里有四个人，还有一口装着尸体的棺材。其中的两人想让这个死人落葬，但是这个死人欠了债。两个债主不满意，不同意死人落葬。他们就吵了起来。您听到他们吵架就走进墓地，问那两个债主那个死人欠了他们多少钱。两人说死人欠了他们一镑钱，所以他们不同意死人落葬，除非抬尸体的两人答应还清一部分欠账。您回答说，‘我有十个先令，都给你们，让这个死人落葬吧。’于是，您给了他们十个先令，那具尸体才入了土。我就是那天那口棺材里的人。后来，我看见您要行医，我知道您做不了这一行。见您有了麻烦，我就来找您把您救了出来。我把所有的钱都给您。您临终前都不会再见到我了，现在，您回家吧。只要您活着，就不许行医，一天也不许。您走不了多远就能得回您的牛和马了。”

于是，尼尔继续往家走。没走多远，他就看见了自己的牛和马。他驱赶着所有的牲畜回了家。从那以后，尼尔和他妻子的生活一天天兴旺起来。

我有城堡，他们有踏脚石。他们淹死了，我活着回来了。

1 原文为“the big man”，这是讲述人第一次提到“大个子男人”，从上下文看，很可能说的还是红头发的小伙子。

没有脑袋的身体

很久以前，高威郡有一个寡妇，她有两个儿子，一个叫德尔莫德，一个叫多纳尔。德尔莫德是哥哥，他是一家之主。德尔莫德和多纳尔是大佃农，地主传讯叫他俩去见他，并要他们付给他一年的地租。由于家里没什么钱，德尔莫德就对多纳尔说："你装一车燕麦去高威，卖掉燕麦换钱吧。"多纳尔把燕麦装到马车上，给两匹马套上马具，就出发去高威了。他把这车燕麦卖了个好价。回家的路上，多纳尔走到半路时停下来歇脚，这是他的习惯，走完一半路程时停下来歇歇脚，去酒馆喝一杯，也给两匹马喝点水，喂点燕麦。

多纳尔走进酒馆给自己叫了一杯酒，他看见两个男孩在打扑克牌。多纳尔看那两个男孩打了一会儿牌，其中一个男孩对他说："你来玩一盘吗？"多纳尔就开始玩牌，他输了一盘又一盘，直到把卖燕麦的每一分钱都输光为止。"这下我该怎么办？"多纳尔心想，"德尔莫德会杀了我的。无论如何，我得回家把实情说出来。"

他回到家，德尔莫德问他："你把燕麦都卖掉了吗？""卖了，我把燕麦卖了个好价钱。"多纳尔回答说。"把钱给我吧。"德尔莫德说。"我没钱了，"多纳尔回答道，"我半道去酒馆喝酒，玩牌的时候把每一分钱都输掉了。""我要诅咒你，二十四个人一起诅咒你。"德尔莫德对多纳尔说。说完，德尔莫德就走了，他把多纳尔做的坏事告诉了他们的母亲。"这次就原谅他吧，"他们的母亲说，"他以后不会再这样做了。""明天你再拉一车燕麦去卖，"德尔莫德对多纳尔说，"如果你再把钱都输光，就不要回家了。"

第二天早上，多纳尔又装了一车燕麦，他赶着车来到高威，把燕麦都卖掉了，卖了个好价钱。回家的时候，他走到半路又看见了不远处的酒馆，多纳尔对自己说：“我得把眼睛闭上，过了这个酒馆再睁开，免得抵挡不住诱惑又走进去了。”说着，他闭上双眼。但是，两匹马走到小酒馆跟前就停了下来，怎么也不肯再往前迈一步，因为它们的习惯是每次从高威回家的路上遇到这个酒馆都要停下来，喝点水吃点燕麦。多纳尔睁开双眼，给两匹马喂了些燕麦和水，便走进小酒馆，想给自己的烟斗加点火。

他一走进酒馆就看见男孩们在打扑克牌。男孩们问他要不要玩，还说他或许可以把昨天输掉的钱都赢回去。扑克牌对多纳尔的诱惑很大，他开始和男孩们一起玩牌。多纳尔输了一盘又一盘，直到把身上每一分钱都输光为止。“这下我回家也讨不着好了，”多纳尔说，“我要把两匹马和马车都押上做赌注。”就这样，他继续和男孩们玩牌，把两匹马和马车也输掉了。这下，他不知道自己该怎么办了，他想了想，说道：“如果我不回家，我那可怜的母亲一定会着急的。我得回家把事情一五一十地告诉母亲。他们一定会把我赶出家门。”

多纳尔回到家以后，德尔莫德问他：“你把燕麦都卖掉了吗？两匹马和马车到哪里去了呢？”“我玩扑克牌的时候把它们都输掉了，如果不是为了离开之前把我的祝福留给你们，我是不会回家的。”多纳尔回答说。“我求你以后都别回来，一个子儿也别带回来，”德尔莫德对他说，“我也不稀罕你的祝福。”

于是，多纳尔把祝福留给母亲以后就离开家四处找活干。夜幕降临的时候，他又渴又饿。这时他看见一个穷人向他走过来，穷人背上背了一个袋子。他认出了多纳尔，对多纳尔说：“多纳尔，你怎么到这里来了，你要去哪里呀？”多纳尔回答说：“我不认识你啊。”

“我在你父亲家度过了很多愉快的夜晚，愿上帝保佑他。”这个穷人说，“或许，你现在饿了吧，你不会反对从我的袋子里拿点东西出来吃吧？”

“给我东西吃的人是朋友。”多纳尔回答道。于是，穷人把牛肉和面包递给多纳尔，等多纳尔吃饱以后，穷人问他：“你今天晚上要去哪里啊？”

“哎呀，这个，我也不知道呢。”多纳尔回答说。

“前面不远有一座大房子，房子的主人是一位绅士，天黑以后任何人去他家借宿他都让住，我正准备去找他。”穷人对多纳尔说。

“或许我可以和你一起去他家借宿呢。”多纳尔说。“我觉得没问题。”穷人回答。

两人结伴来到大房子跟前，穷人上前敲敲门，仆人把门打开。“我想求见你家主人。”多纳尔说。

仆人进屋去禀告，这家主人就走出来。“我想找一个今晚落脚过夜的地方。”多纳尔对这家主人说。

“如果你们等一等，我就给你们安排。你们顺着路往上走，先去那座城堡，我随后就到，如果你们两人在城堡里等到天亮，我就给你们每人一百个十便士的钱币，在那里，你们俩可以吃饱喝足，还可以在舒服的床上睡一觉。”

“这个提议真不错，”他俩说，“我们就去那里。”

他们一起进了城堡，两人走进一间屋子把火生起来。没过多久，那位绅士就来了，给他们带了牛肉、羊肉，还有别的东西。“你们跟我来，我带你们去地窖。地窖里有很多葡萄酒和麦芽酒，你们想喝多少就喝多少。”说完，绅士把他俩带到酒窖里面，他自己则走出去并且在酒窖门上加了一把锁。

多纳尔对穷人说：“你把那些吃的都摆在桌子上，我去拿些麦芽酒过来。”说完，他拿了一盏灯和一个克鲁斯金（盛酒的壶）往酒窖里面走。多纳尔走到第一个酒桶前，他弯下腰正要从里面打酒的时候，一个声音说道：“不许动，那个酒桶是我的。”多纳尔抬起头，看见一个没有头的小矮人，张开两条腿，跨坐在一个酒桶上。

“如果这桶是你的，”多纳尔回答说，“那我就另外找一桶。”于是，他走到另一个酒桶前；可是正当他弯下腰从酒桶里打酒的时候，没有脑袋的身体又说道：“那一桶也是我的。”“它们总不能都是你的吧，”多纳尔说，“我另外再找一桶。”于是，他又找了一桶，可是正当他开始从桶里打酒的时候，没有脑袋的身体又说道：“那也是我的。”“我才不管，”多纳尔对他说，“我要把我的克鲁斯金装满。”他把酒壶装满，回到穷人身边，不过，他没告诉穷人他看见了一个身体没有脑袋的小矮人。多纳尔和穷人开始又吃又喝，一直喝到酒壶里一滴酒都不剩。多纳尔对穷人说：“这次轮到你下地窖去盛酒啦。”穷人拿着烛灯和克鲁斯金下了地窖。他正要从一个酒桶里打酒时，一个声音说道：“那桶酒是我的。”穷人抬起头，看见了没有脑袋的身体。穷人手里的克鲁斯金和烛灯掉到地上，他赶紧跑回多纳尔身边。“噢！那是个小矮人，我要死了，”穷人嚷嚷道，“我看见一个没有脑袋的男人，他张开两条腿，跨坐在酒桶上，他还说那个酒桶是他的。”“他不会伤害你的，”多纳尔回答说，“我下去的时候他就在那里。起来吧，给我酒壶和烛灯。”“噢，就算我能让爱尔兰人团结一心，我也不会再下去了。”穷人说。多纳尔走进地窖，把酒壶盛满。“你看见那个没有脑袋的身体了吗？”穷人问他。“看见了，”多纳尔回答说，“不过，他没做任何伤害我的事情。”

他俩喝到半醉的时候，多纳尔说：“我们该睡觉了，你最喜欢睡哪儿，床外面还是里面靠墙的位置？”

“我要睡里面靠墙的地方。”穷人回答。于是，他俩留了盏烛灯，便上床睡觉了。

两人上床后没多久就看见三个男人走进来，还带了一个足球。三个人开始往地上拍球，不过，是两人对一人。多纳尔对穷人说：“两人打一人，这可不对。”说完，多纳尔从床上跳出来去给那个处于弱势的人帮忙，那人也不明白这是怎么回事。后来，他们三人哈哈大笑着走出去了。

多纳尔回床上睡觉，没过多久，空中传来美妙的风笛曲。“快起来，”多纳尔对穷人说，“我们一起来跳舞，放着这么好的音乐却不跳舞太可惜了。”“你行行好，别吵我。”穷人回答道。

多纳尔一下子从床上跳起来，伴着风笛曲开始跳舞，一直跳到筋疲力尽。吹风笛的人哈哈大笑起来，接着便走出去了。

多纳尔回到床上，没过多久，又进来两个男人，抬着一口棺材。他们把棺材放在地上就走出去了。“不知道棺材里头是什么人，也不知道这是不是给我和穷人准备的棺材，”多纳尔说，“我要去看看。”说着，他一跃而起，从床上跳下来，打开棺材盖子，发现里面有一个死人。“凭良心说，你睡的地方可够冷的，”多纳尔对死人说，“如果你可以站起来去火边坐着，一定会舒服很多。”死人便站了起来，走到火边烤火。多纳尔又说：“那张床很宽，足够三个人睡。”说完，多纳尔上了床，睡在中间，穷人睡在里面靠着墙，那个死人就睡在床外面。没过多久，那个死人便挤到了多纳尔，多纳尔又挤到了穷人，穷人觉得自己快被挤成死人了，只好从窗户跳出去，留下多纳尔和死人睡在床上。死人还在往多纳尔身上挤，差点把他挤到墙里面去。

“你这个该死的，”多纳尔对死人说，“你真是个不知道感恩的家伙。我让你从棺材里出来，让你去火边烤火，又把床分给你，现在你还不肯安生，我要把你赶到床下去。”这时候，死人说话了：“你是个勇敢的人，这样很好[1]，不然你就是个死人了。”“谁要杀我？”多纳尔问道。“我，”死人回答说，“过去的二十年里头，来这里的人都被我杀死了。你认识那个付钱让你留在这里的男人吗？”“他是个绅士。”多纳尔说。“他是我的儿子，”死人说，“他以为到了明天早上你一定是个死人了，现在，你跟我来。”

死人带着多纳尔下了地窖，他指着一面大旗子对多纳尔说：“你把那面旗子掀开，下面有三个罐子，罐子里装满了金子。他们为了这些金子把我杀了，不过，他们也得不到这些金子。你拿一个罐子，给我的儿子一个，另外还有一个——你把里面的金子分给那些穷苦人。”说着，死人打开墙上的一扇门，从里面拿出一张纸，对多纳尔说：“你把这张纸给我的儿子，告诉他是管家杀了我，想贪图我的金子。除非管家被绞死，否则我得不到安息。如果需要证人，我这具没脑袋的身体会跟在你身后去法庭，这样每个人都看得见我。等到管家被绞死以后，你就可以娶我儿子的女儿，和她一起住在这座城堡里。你不要害怕我，因为我将会得到永恒的安息。现在，我们就此道别吧。”

多纳尔回去睡觉，直到第二天早上绅士过来的时候他还没醒。绅士问多纳尔晚上睡得好吗，还问那个和他一起来的老头去哪里了。“我以后再告诉您这些，现在，我得先给您讲一个很长的故事。”多纳尔对绅士说。“你跟我回我家吧。”绅士回答道。

多纳尔和绅士回到绅士家的时候，看见一个人从树丛里钻出来，正是那个穷人。对这个可怜的家伙来说，前一天晚上就和他出生的那天晚上一样，他完全不知道发生了什么。见穷人冷得发抖，绅士把自己的衣服给他，又把报酬付给他，让他拿着东西离开。

多纳尔在绅士家里吃饱喝足后，对绅士说：“我要告诉您一个故事。”于是，他把前一天晚上发生的事情一五一十地告诉绅士，当他说到金子的时候，绅士对他说：“你跟我来，把金子指给我看。”绅士回到城堡，掀开那面旗子，看见了金子，他说：“好了，我知道你的故事是真的了。”

绅士从多纳尔那里得知所有的真相后，便拿到了一份抓捕管家的执行书，不过他隐瞒了管家的罪行。管家被带到法官面前，多纳尔也在那里，作为证人出席。法官读完手头的文件后说道：“如果没有更多证据，我不能判这个男人有罪。”

“我在这里。”没有脑袋的身体从多纳尔身后走出来，大声说道。管家一看见他就对法官说：“让他不要再过来了，我有罪；我杀了这个男人，他的头就在他房里那个壁炉的下面。”于是，法官下令吊死管家，没有脑袋的身体也走了。

第二天，多纳尔与绅士的女儿结了婚，他俩获得了一笔巨大的财富，从此就生活在那座城堡里。

这以后不久，多纳尔准备好马车回家看望他的母亲。

德尔莫德看见马车过来的时候还不知道马车里的大人物是谁。他们的母亲出了门，向多纳尔跑过去：“你不是我的多纳尔，我的心肝宝贝吗？自从你离家以后我就一直为你祈祷。”德尔莫德请多纳尔原谅他，多纳尔就原谅了他。接着，多纳尔递给德尔莫德一袋金子，对他说：“这是两车燕麦，两匹马，还有马车的钱。”多纳尔又对他的母亲说：“您跟我回家吧。我有一座很漂亮的城堡，城堡里除了我的妻子和仆从以外没有别人。”“我和你一起走，”他的母亲回答说，“我要和你一起住，直到我死的那天。”

多纳尔带着他的母亲回了家，他们在城堡里过着富足的生活。

1 原文的意思是“你这么做很好”，这是一句伊丽莎白时代的习语，和许多别的伊丽莎白时代的表达一样，在康诺特英语中使用频率很高。这个习语可能是从佩尔地区流传至爱尔兰全岛的，也有可能是农收时节爱尔兰人去英国和英国农民一起做农事的时候从英国农民那里学来的。

长 牙 齿 的 老 女 人 们

很久很久以前，一群绅士从都柏林去格林恩湖打猎钓鱼。他们在神父家里留宿，因为小村子里没有提供住宿的旅店。

第一天打猎的时候，他们闯进了德里米纳赫树林，没过多久就发现了一只野兔并开始围捕这只野兔。他们跟在野兔后朝它开了很多枪，却没有一颗子弹击中它。绅士们一直在后面追，看着野兔躲进林中一座小房子里。

绅士们走到小房子门前，看见一只大黑狗，黑狗不让他们进屋。

“给这家伙吃颗枪子儿。”有个绅士说道。他冲黑狗打了一枪，黑狗却用嘴接住子弹，嚼了嚼，把子弹渣吐到地上。绅士们朝黑狗打了一枪又一抢，黑狗每次都用嘴接住，嚼一嚼，把子弹渣吐到地上。后来，黑狗开始使劲儿狂吠，不多久，门开了，一个老女人走出来，她嘴里的每一颗牙齿都像钳子一样长。“你对我的小狗狗做了什么？”老女人问道。

“一只野兔跑进你家了，这只狗不让我们进去追那只野兔。”猎手中的一个回答道。

“躺下，小宝贝。”老女人对黑狗说。接着，她又说道：“你们愿意的话就进来吧。”猎手们都不敢进屋，他们中的一个人问道：“房子里还有别人和你一起住吗？”

“有六个姐妹。”老女人回答说。“我们想要见见她们。”猎手们说。话还没说完，六个老女人就出来了，每个人的牙齿都和第一个出来的老女人的牙齿一样长。这样的情景猎手们以前从来没见过。

绅士们继续在树林里穿行，他们看见一棵树上有七只秃鹫正在尖声大叫。猎手们朝这七只秃鹫开枪，子弹打中了秃鹫，却没有一只秃鹫从树上掉下来。

一个白头发的老头走到他们面前，对他们说：“那边的小房子里住着一群长牙齿的老女人。你们不知道她们被施了魔法吗？她们在这里住了好几百年，养了一条狗，那条狗不许任何人进屋。她们在湖底有一座城堡，人们经常看见她们变成七只天鹅，钻进湖里。”

那天晚上，猎手们回到住处后，把所见所闻一五一十地说给神父听，神父却一个字也不相信。

第二天，神父跟着猎手们进了树林。走近小房子时，他们看见那只大黑狗蹲在门口。神父把祈祷用的东西塞到脖子下面，拿出一本书开始念祈祷文。那只大狗开始大声吠叫。老女人们走出来，一看见神父她们就发出一声尖叫，声音大得全爱尔兰都听到了。神父继续念经，念了一会儿，老女人们就变作秃鹫，飞到房子上方的一棵大树上。

神父把手放在那只狗身上，用力往下按，狗就变得越来越小，最后只有一两英尺大了。

那只狗一跃而起，四足腾空扑向神父，神父摔了个四脚朝天。

猎手们把神父扶起来的时候，神父已经又聋又哑，而那只狗还是不肯从门口挪开。

猎手们把神父带回家，派人去请主教。主教来了以后听说了事情的经过，十分悲伤。人们聚在一起，请求主教把那群中了魔法的老女人赶出树林。主教又害怕又羞愧，不知道怎么办才好，他对大家说:“我现在还想不出把她们赶出林子的办法，我先回家，等到月末我再来，把她们赶走。”

神父受了很重的伤，什么话也说不出。那只大黑狗是那些老女人的父亲，他的名字叫作德尔莫德·奥穆鲁尼。他的儿子杀了他，因为儿子结婚以后发现父亲和自己的妻子有染，又因为害怕自己的姐妹们会告密，儿子又杀了自己的姐妹们。

一天晚上，主教正在卧房里睡觉，长牙齿老女人中的一个打开门走进来。主教醒来的时候，看见老女人就站在他的床边，他害怕得不得了，一个字都说不出来。这时，老女人对他说:“您不要害怕，我不是来伤害您的，我来是想给您出个主意。您向格林恩湖的人保证过，说您会回去，把长牙齿的老女人都赶出德里米纳赫树林。您如果去了就永远不能活着回来啦。”

主教终于找回了自己的声音，他说:“我不能不守信用。”

“我们还会在树林住一年零一天，”老女人说，“您可以让人们再等一年零一天。”

“你们为什么要像这样待在树林里呢?”主教问老女人。

“我们的兄弟杀了我们，”老女人回答说，“我们找了大法官，得到的判决是像这个样子生活两百年。我们在湖底有一个城堡，每天晚上我们都会回城堡。我们是因为父亲犯下的罪而受惩罚。”说完，她又告诉主教她们的父亲犯了什么罪。

“你们真不容易，”主教说，“不过，我们必须服从大法官的意志，我也不会去给你们找麻烦的。”

“我们离开树林的时候会给您传消息的。”老女人对主教说道。说完，她就离开了主教的家。

第二天的早上，主教来到格林恩湖。他通知村民们集中到一处，对村民们说："大国王下旨，一年零一天之内不能驱逐魔法之力，在那之前你们都不许进树林。我觉得特别奇怪，那群都柏林来的猎手来这里之前，你们从没见过中魔法的老女人——真可惜，这些猎手为什么不好好待在家里呢。"

那天以后，又过了一个星期，有一天，神父一个人待在卧室里。那天天气很好，卧室的窗户是开着的。一只红胸膛的知更鸟从窗户飞进卧室，嘴里衔着一小株药草。神父伸出手，知更鸟便把药草放在他手里。"这或许是上帝赐给我的药草。"神父对自己说，说完他就吃了这株药草。吃完不久，他觉得自己变得和以前一样健康了，他说："万分感谢上帝，他的力量比任何魔法之力更强大。"

这时，知更鸟对神父说道："您还记得吗，两年前的冬天，您养过一只摔断腿的知更鸟。"

"我记得她，千真万确，"神父说，"不过，夏天来了以后，她就离开我飞走了。"

"我就是那只知更鸟，如果不是您照顾我，我就不能活到现在，而您也会一辈子又聋又哑。现在，您要听我的劝告，不要再靠近那些长牙齿的老女人，也不要告诉任何活着的人是我给了您药草。"说完，知更鸟就飞走了。

女管家来的时候惊讶地发现，神父既能说话又能听见声音了。神父派人传口讯给主教，主教就来到格林恩湖，他问神父是怎么突然恢复健康的。"这是个秘密，"神父回答说，"一个朋友给了我一小株药草就把我治好了。"

后来再也没发生什么值得一提的事，就这样，一年过去了。一年之后的一个晚上，主教正在卧室里，房门突然开了，一个长牙齿的老女人走进来，对他说："我来是通知您，从今天开始一个星期后，我们就会离开树林。我有一事相求，不知您是否愿意帮我。"

"只要这件事是我力所能及的，而且不违背我的信仰。"主教回答道。

"从今天开始一个星期后，"老女人说，"林子里我们那座房子的门前会出现七只死了的秃鹫。请您命人把它们埋在树林和巴利格拉斯之间的采石场里。这就是我向您求请的事。"

"只要我活着就会做这件事。"主教对她说。于是，老女人离开了，主教并不为老女人的离开感到难过。

那天以后，又过了一个星期，主教来到格林恩湖。一天之后，他带了几个人走进德里米纳赫树林，找到了老女人住的房子。

那只大黑狗蹲在门口，一看见主教就撒腿跑掉了，它一刻不停地往前跑，一头扎进了湖水里。

主教看见门口躺着七只死了的秃鹫，就对跟他来的男人们说：“带上这七只秃鹫跟我走。”

男人们把秃鹫捡起来，跟着主教来到采石场边上。主教对他们说：“把这七只秃鹫扔进采石场里，这样就可以终结老女人们中的魔法了。”

他们把七只秃鹫往下扔，秃鹫一落到采石场底部就变成七只像雪一样白的天鹅飞上来，从他们眼前消失了。在主教和每一个听过这个故事的人看来，七只天鹅去了天堂，而那只大黑狗则回到了湖底的城堡。

无论如何，从那以后，没人见过长牙齿的老女人和大黑狗，再也没见过。

威　　廉　　树

很久很久以前，爱尔兰有一个国王。他娶了一个美丽的王后，两人只有一个女儿。王后突然得了病，她知道自己活不长了。于是，她给国王施了魔法，要求国王在她坟上的青草长到一英尺高以前不能娶别的女人。他们的女儿很聪明，她每天晚上都带着剪刀出门，把王后坟上的青草剪短，短到与地面齐平。

国王非常渴望再娶一个妻子，但他不知道为什么王后坟上的青草就是不长高。他对自己说："一定有人在欺骗我。"

那天晚上，国王来到墓地，看见他的女儿正在修剪王后坟上的青草。国王暴怒不止，他说："我要迎娶我见到的第一个女人，不管那是个老女人还是个年轻女子。"他从墓地出来，走到马路上的时候，看见了一个老女人。国王把老女人带回家，娶了这个老女人，因为他不能违背自己的誓言。

国王娶了这个老女人以后，他的女儿就（落到了这个老女人手里）过上了悲惨的生活。老女人迫使国王的女儿发誓，无论她看见老女人做什么，都不许告诉国王，也不许告诉别人，只能告诉三个从没受洗的人。

第二天早上，国王出门打猎去了。国王一离开，老女人就把他的一条好猎狗杀死了。国王回家后问老女人："谁杀了我的猎狗？"

"您的女儿杀了它。"老女人回答。

"你为什么要把我的猎狗杀了？"国王问他的女儿。

"我没有杀您的猎狗，"他的女儿回答说，"而且，我不能告诉您是谁杀了那条狗。"

"我会让你告诉我的。"国王说。

国王把他的女儿带到一片大树林里，又把她吊在一棵树上，然后，他砍掉了女孩的两只手和两只脚，把女孩留在树林里等死。国王正要走出树林的时候，一根刺扎进他的脚里面，他的女儿说："我祈祷您永远也好不了，除非我长出双手和双脚把您治好。"

国王回到家，他的脚底长出一棵树，他必须打开窗户让树冠伸出去。

一个绅士路过树林附近，听见国王的女儿在尖叫。他走到那棵树跟前，看见女孩的样子心生怜悯。于是，绅士把女孩带回家，等女孩的身体好些后，就娶了她做妻子。

一年过了四分之三的时候，国王的女儿一次生了三个儿子，他们出生的时候，格兰妮雅[1]来了，她为国王的女儿安上了双手双脚，又对她说："在你的孩子们学会走路之前，不要给他们施洗。你父亲的脚上长出了一棵树，他总是把树砍掉，但这棵树还会继续长出来，只有你才能治好他。你被迫发誓，不管见到继母做了什么都不能告诉任何人，除了三个从没受洗的人，现在，上帝就送给你三个这样的人。等他们长到一岁的时候，你就把他们带到你父亲家里，把你的经历告诉三个儿子，同时用你的手揉搓树干，你的父亲就会恢复，和他当初一样健康。”

绅士回家后，看到国王的女儿长出了双手双脚，惊喜得不得了。国王的女儿把格兰妮雅对她说的话一五一十地告诉绅士。

孩子们长到一岁大的时候，他们的母亲带着他们来到国王的城堡。

爱尔兰各地的医生都来给国王治病，但是，他们一点办法都没有。

国王的女儿走进来的时候，国王没有认出她是谁。她坐下来，三个儿子围在她身边，她把自己的经历从头到尾说给儿子们听，国王也坐在一旁，听她讲故事。后来，她把手放在国王的脚跟处，那棵树就倒下来了。

第二天，国王吊死了老女人，又把自己的土地庄园都给了他的女儿和那位绅士。

1　格兰妮雅是凯尔特传说里的丰收女神。——译者注

老 乌 鸦 和 小 乌 鸦

一天，一只老乌鸦在教一只小乌鸦，老乌鸦对小乌鸦说：“好了，我的孩子，我要给你一个建议，听好了。如果看见一个人向你走过来并且弯下腰，你可要小心，要保持警惕；那人弯腰是为了找石头来打你。”

“可是，请您告诉我，”小乌鸦说，“如果那个人的衣袋里已经装了一块石头，我应该怎么办呢？”

“哎呀，远远地离开那个地方啊，”老乌鸦回答说，“你已经学得够多了；我没别的东西可以教你啦。”

谜　语

① 这是一座很大很大的房子，
这是一座金子做的烛台，
你猜对了吗，
不要让它从你身边溜走了。

② 我知道有一个花园，
里面住满了矮个子绅士，
他们戴着小蓝帽，
帽子上系着漂亮的绿丝带。

③ 我走到小巷头，又走到小巷尾，
我把小巷背在背上。

④ 他从海里来到你们当中
像太阳下的蝴蝶，
蓝色的男式大衣体面又好看，
红线织成他的衬衫。

⑤ 我把它向上抛起，
它白得像雪花，
等它落下来，
却变成了旗帜上的一枚金币。

⑥ 我跑得多了它就来了，
我坐下来到处找它，
等我找到它可不让它跟着我，
我找到了，它再也不能跟着我。

⑦ 你看它落在男人们的肩上，
又像丝线一般离我们而去。

⑧ 他穿过草地从古老的圆形石堆[1]向我走来，
这个男人的脚又窄又硬，
我却愿他离我而去越快越好，
因为所有活着的人都要臣服于他。

⑨ 我家园子里有一座城堡，
城堡里的居民千千万万，
它们如果搬家住进我的衬衣里，
我可就穿不上了。

⑩ 他从一座房子到另一座房子，
像个小小的微不足道的信使，
无论天上下雨还是下雪，
每天夜里他都露宿屋外。

1 lis就是古老的圆形石堆。

⑪ 两脚着地，
三脚过头，
活人的头，
在死人嘴里。

⑫ 大树上头
有个红皮肤的小人，
肚子里有块石头，
脑袋上有顶帽子。

⑬ 一个穷人趴在那儿，
胸膛下面一根棍子，
撕心裂肺地哭起来。

⑭ 像面粉一样白却不是面粉，
像青草一样绿却不是青草，
像鲜血一样红却不是鲜血，
像墨水一样黑却不是墨水。

⑮ 一个无底桶，
样子像蜂窝，
里面是鲜肉，
鲜肉能活动。

①天堂 ②亚麻（亚麻的叶细长，开蓝色花。——译者注）③梯子 ④龙虾 ⑤蛋 ⑥脚上的刺 ⑦烟 ⑧死神
⑨蚂蚁窝 ⑩小巷 ⑪头顶三足鼎的女孩 ⑫山楂果 ⑬雨天的门梁 ⑭从蓓蕾到果实的黑莓 ⑮裁缝的顶针

故 事 的 来 源

头三个故事，也就是，“裁缝和三只野兽”“布兰”“爱尔兰国王的儿子”，我都是逐字记录下来的，没做改动，最多加了一两个字词。故事讲述人名叫约翰·坎宁汉，住在罗斯康芒郡的博林费尔村，距离梅奥郡差不多半英里。约翰大概七八十岁，我认为他不识字。

“馋虫精灵”的故事基于我第一次听到这个故事时做的笔记。给我讲这个故事的人名叫谢默斯·奥哈特(即詹姆斯·哈特)，是弗伦奇帕克男爵家的猎场看守人。詹姆斯当时大概六七十岁，不识字。笔记记得不完整，我写这个故事的时候，绞尽脑汁勉力对笔记进行了扩充，在这期间，詹姆斯不幸去世，他是我遇到的最好的故事讲述人之一。

“波丁·奥凯利和白鼬”和“利安姆·奥鲁尼的葬礼”这两个故事是我从林奇·布莱克先生那里听来的，他住在梅奥郡博林罗比附近。为了我，布莱克先生花了不少力气，根据爱尔兰语的发音把这两个故事写下来，为此我要向他致以最衷心的感谢。我认为，布莱克先生写下这些故事的过程中，没有对它们做任何添加扩充。我不知道他听谁讲述了第一个故事，现在也无法追问了，因为布莱克先生已经离开了那里。至于第二个故事，他告诉我是从一个八十岁的老爷子那里听来的，老人名叫威廉·格雷迪，住在克莱尔-高威附近，这些年他总是“背个包袱”走街串巷卖东西。

“黑脚丫的古力士”这个长故事是之前提到的谢默斯·奥哈特讲给我听的，“馋虫精灵”也是从他那里听来的。不过，“馋虫精灵”那个故事我只记了些笔记，没把他嘴里的整个故事记下来。那以后，我在罗斯康芒郡弗伦奇帕克男爵家还遇到过另一个人，名叫马丁·布伦南，马丁也知道“黑脚丫的古力士”并且给我讲述了这个故事——不过，这是一个删节版——他讲了一个故事单元又一个故事单元，直到译文结尾。

《故事集》里有“黑脚丫的古力士”的爱尔兰语版，内容比这个英译版更丰富，其中很多内容我没翻译成英语，因为那些内容不是布伦南告诉我的，我篡改的东西太多，以至于不能把它作为一个真正的民间故事收入这本集子里。

这本集子里的其他故事都是从《故事集》逐字翻译成英语的。“尼尔 · 奥卡利”这个故事是拉米尼先生根据爱尔兰语的发音记录下来的，故事讲述人是一个南多尼格尔的农夫。

“长牙齿的老女人们”“威廉树”“克里诺庄园”“世界尽头的井”这几个故事都来自博林罗比。参见《故事集》第239—240页。

注释

【括号里有A.N.标记的注释出自阿尔弗雷德·纳特。参见《阿盖尔郡故事集》，指的是参见《凯尔特传统中的小流浪儿和迷路人；阿盖尔郡系列第二卷；阿盖尔郡的民间故事和英雄故事》，由邓肯·麦克因内斯牧师收集、编辑和翻译，由编者阿尔弗雷德·纳特作注。伦敦，1889年。】

裁缝和三只野兽

第1页。这个故事另外有一个版本，我是从马丁·布伦南那里听来的，布伦南这个姓更常见的发音为布朗南，在罗斯康芒郡，这个名字的爱尔兰语为O' Braonáin。在布伦南告诉我的版本中，裁缝打死的是一只从他身边飞过的燕子。裁缝用缝衣针对准燕子扔过去，缝衣针刺瞎了燕子的眼睛，杀死了它。成功杀死这只燕子给了裁缝进一步展示其非凡技艺的勇气。这个版本里，还有一个广为传诵的故事单元——裁缝对巨人耍了个花招，假装从一块石头里挤出水来。

第2页。Garraun（爱尔兰语写作gearrán）是一个英语化的爱尔兰单词，见于爱尔兰多地。它指的是被阉过的马或温顺可骑乘的马；不过很奇怪，在多尼格尔郡，它的意思就是马，而coppul（爱尔兰语capáll）在别处是一个指称马的普通词，在多尼格尔却指母马。古英语中的capal这个词似乎就是从爱尔兰语借过去的。参见珀西的“罗宾汉和吉斯伯恩的盖伊”，这首民谣这样描写吉斯伯恩的盖伊——

他挂在身侧的一柄剑和一把匕首，

令很多人头疼；

他假扮成坐下的马，

从头到脚。

第3页。modder-alla（爱尔兰语madra-allta，意思是野狗）准确地说，是一头狼，不是一头狮子；不过，故事讲述人是这样解释的，“modder-alla就是一头狮子”，我也就这样翻译了。

第5页。巨人在晚上或者黎明时分咆哮，是这些故事里常见的故事单元。在“斑点牛”这个故事中，这本集子没有收录这个故事，有三个巨人，每天早上每个巨人都要发出一声咆哮，“全国人民都听得到他们的咆哮声”。在这些故事里，巨人的爱尔兰语为fathach（读作髪悍），苏格兰盖尔语写作famhair，这个词我们没有，不过，很显然，它和Fomhor一样，指的是爱尔兰神话史里的海盗，莱斯教授把它视为某个水神。在坎贝尔的四卷本故事集中，fathach这个单词只出现过一次，是在“了不起的奥马多恩之歌”这个故事中，这明显是一个爱尔兰故事，麦克莱恩称这个故事里的“一些措辞被认为是爱尔兰语的措辞”。

第5–6页。这个故事单元似乎与“巨人杀手杰克”里的故事单元相似。要判断这个故事是否源自爱尔兰，或者是否借自某个英语故事，好像不太可能。如果是后者，那或许就是这些故事里唯一一个源自英语故事的故事单元。

第6页。“想从裁缝身边夺回公主。”在康诺特英语中，介词“from”一般不和动词“take”搭配使用。

第7页。这个不知所云的结尾在爱尔兰故事里很常见。值得注意的是，在坎贝尔的集子里很少看到这样的结尾。坎贝尔集子里唯一一个有这种结尾的故事是“瘦弱的格雷 · 科尔内”[1]，我在前言里试图说明，这个故事源自爱尔兰。故事是这样结尾的：“我和他们道别，他们给我一块放在煤块上的黄油，一个装着羽衣甘蓝麦片粥的鱼篓，还有纸鞋。他们用一颗加农弹把我送到一条玻璃大马路上，留下我坐在马路上。”为什么有些故事有这样固定化、程式化的结尾，有些故事却没有，我也猜不出来。斯拉夫语童话故事中也有这样的情况，大概二十个故事里就有一个故事有这种不知所云的结尾，不过，在爱尔兰，这个比例要高得多。为什么精彩绝妙的高地故事，与爱尔兰语故事有着紧密联系的高地故事，却没有保留这种独特的结尾呢？我也猜不出原因，不过，从留存的故事来看现实就是这样。

【国王的宫殿在晚上被拆毁的故事单元见于14—15世纪的《古人对话录》[2]，书里记载，芬恩是那个守卫塔拉，抗击敌人巫术的英雄。我无从知道故事里的主人公用什么办法打败了他遇到的野兽，我倾向于认为是叙述者忘记了，或者把故事讲错了。一般来说，只要接受了民间故事设定的条件，它们就是逻辑完美、合情合理的故事；但是，这个主人公的行为却解释不通，或者说，不管怎样都解释不了。——A.N.】

布兰

第9页。描述布兰毛色的诗节出自奥弗莱厄蒂，见1808年出版的《盖尔语诗文杂集》。前两行与我从故事讲述人那里听到的一样，后两行发音一样但意思不同。奥弗莱厄蒂的版本是这样的——

腰背有斑点，

两耳一般红。

发生变化的原因很明显。古爱尔兰语suaithne意为“有斑点的”，如今在康诺特已没人知道了，这个词被同韵的uaithne替代，意为“绿色”。尽管uaithne的基本义是绿色，但给我讲故事的人显然对此毫无意识，因为他指着小木屋角落里一只脏兮兮的小幼崽对我说，“那就是绿色”，其实小幼崽的毛是一种形容不出来的灰色。os cionn na leirge，意为“腰背上”，这几个词的情况也一样，learg“腰”这个词现在已经废弃不用，变成了与它发音一样的别的词。airdhath na seilge“追猎的颜色”，也就是，那只被追捕的鹿的颜色。讲故事的人简单地解释了这句话，他说，“追猎，就是那只鹿”。从对布兰毛色的生动描写可看出，她似乎与现代所谓的爱尔兰狼狗毫无相似之处，她很可能是短毛狗，不像后者长毛蓬乱。很多芬尼亚诗歌里都包含现在基本不用了的词。我记得一位老妇人给我背诵过一首古诗中的两行，还用现今使用的爱尔兰语向我解释了这两行不少于五个词的诗句：

Aithris dam agus ná can go

Cionnas rinneadh leó an trealg

她是用日常语解释的，意思是“告诉我，他们是怎么打猎的，不要撒谎”。

第9页。Pistrogue或者pishogue是个常见的英语化的爱尔兰语词，意思是魔法或魔咒。麦克海尔大主教认为这个词从fios sitheóg衍生而来，意为“仙子们的知识”，这似乎不太可能。

第11页。“她的脖子里喷出一团火云”。阿特金森博士翻译了

《斑点书》里的受难记与讲道书，在“圣巴多罗买受难记”中，魔鬼以一个埃塞俄比亚人的样子现身，爱尔兰译者译为“凶猛的火焰从他的脖子里和鼻子里喷出来，就像火炉里烈火的舌头”。

第11页。根据这个故事的另一个版本，这个瞎子就是莪相本人（在爱尔兰他的名字被叫作爱辛或乌辛），他让布兰的小狗们用牙齿叼住一匹刚被杀死的马的马皮，所有的小狗都松开了牙齿，除了这只小黑狗，小黑狗紧紧咬住马皮，牙齿穿透马皮露了出来。于是，莪相命人把其他的小狗都淹死，只留下小黑狗。这个版本中，他朝这只愤怒的小狗扔过去的煤块被称作tuagh no rud icéint，意为“短柄小斧或者别的什么”。这个故事有些混乱的地方，因为无论是布兰生前还是芬尼亚勇士统治时期，莪相都还没瞎。这像是一个坎贝尔故事的不合格版，见《西部高地流行故事集》卷二，No.31“芬恩时代结束以后的莪相”，第103页。这个故事可能与另一个故事中的故事单元有关，那个精彩的故事叫作“红发小伊欧赫的城堡”。我们从故事里得知，科南从城堡里往外瞧，“他看见一个年轻人朝他走来，年轻人手里抓着一根铁链，链子上拴着一只短毛黑狗。令人惊奇的是，这只黑狗可以从喉咙和满是泡沫的嘴里喷出一个个火球，却不会点燃城堡”。这只黑狗最终被布兰杀死了，不过，是在科南脱下“布兰右爪上那只精制的银鞋”之后。布兰在芬尼亚故事里的出镜率很高。

【我相信这是唯一一处，将芬恩的母亲描述为幼鹿的地方，不过，在《黑狗之诗》的续篇故事里（见《芬尼亚之书》，第91页），据说洛赫兰人用魔咒把布兰变成鹿的样子，要她去屠戮芬尼亚女人和孩子。众所周知，芬恩很受一位被魔咒变成幼鹿的公主的喜爱；还有，莪相的母亲也是一只幼鹿（参见《阿盖尔郡故事集》，第470页）。叙述人很可能把记忆中的这些故事混在一起了。

“杀死布兰的幼崽”似乎是莪相的“追捕黑鸟”的变体（参见肯尼迪，《爱尔兰凯尔特人的传奇小说》，第240页）；整体看来，这个故事似乎与“布兰和黑狗之战”混在一起了，麦克因内斯牧师翻译了后一个故事，参见《凯尔特传统中的小流浪儿和迷路人》第一卷，第7页，以及下列等等。

就我们的文本而言，黑狗似是布兰的孩子，所以这场战斗是库胡林传奇中那种父子之战的动物变体。一个讲述“芬恩拜访洛赫兰”（将见于《凯尔特传统中的小流浪儿和迷路人》第三卷中）的精彩故事说到了芬恩如何把拴布兰的皮带带在身上，以及洛赫兰人如何审判并惩罚他，将他扔在偏僻的山谷里，一只凶恶的狗攻击他，却被他用那根皮带驯服了。坎贝尔的《盖尔故事手抄本》第十二卷收录了一首题为“布兰的毛色”的诗。该诗可以和我们这首参照阅读。——A.N.】

爱尔兰国王的儿子

第12页。爱尔兰国王的儿子。准确地说，这个题目应该是“爱尔兰岛上一个国王的儿子”。用这个名字称呼故事里的王子太累赘，我曾经听人称他为爱尔兰国王的儿子，于是在这里我就用了这个名字。这个故事有一个更长更幽默的版本，我听谢默斯·奥哈特讲过，但我没有把它记录下来，在这个版本中，绿皮肤的小矮人变成了“黑皮肤的瘦男人”；拿枪的男人是guinnéar而不是gunnaire（“长柄的东西”，这个词也与gunnadóir同义，意为“炮手、快嘴”——

译者注)；长耳朵男人是cluas-le-h-éisteacht(“耳朵听力好”)，而不是cluasaire；用鼻孔吹气的男人不是Séidire，而是polláire-séidte(“吹气的鼻孔”)。这样的差异更让我觉得有意思，因为这些讲述人相距不过几英里，他们的家族在同一个地方生活了几辈子。

第16页。以羽毛为屋顶的房子在爱尔兰的民间故事里十分常见。这里描述的是一个只用一片羽毛做屋顶的房子，这片羽毛十分光滑以至于屋顶内外没有一点凸起物。另一个例子见“世界尽头的井”，第85页。《智者的对话》中有一首诗，诗中这样描述克雷蒂夫人的房子：

阳光明媚的卧房里隅石

都是稀有的金银宝石，

房顶由一片片完美无瑕的

羽毛铺就，棕色与深红色。

门廊也同样遍铺，

黄色与蓝色的鸟羽。

参见尤金·奥卡利的《古爱尔兰历史手抄本材料》，第310页。

第16页。“抽打作战的棍子”。文本里的coolaya是一个印刷错误。“cooalya-coric”的意思是“作战的棍子”。我们不知道它如何“被抽打”。很可能是将棍子举起来，让它落在可以发出响声的东西上面。Tarraing这个词的意思是“拔、抽、拉、拖”，在本地语文学作品中，它常用来指抽回胳膊以击打什么。农民们会说，“他抽打我”，或者，“他抽出棍子”，意思是他做了击打的动作，用的是棍子。这或许就是“抽打作战的棍子”的意思，这句话经常出现在爱尔兰民间故事中，说的就是“他用作战的棍子击打”，不是击打某种可以发出回声的东西，就是击打城堡的大门。在芬尼亚传奇里，我至少见到过一次这种用法。故事中，大巨人，也就是西班牙国王的儿子，与奥斯卡战斗了一整天，夜幕降临时奥斯卡体力不支要求休战，他悄悄地把芬恩 · 麦克库拉到一边，要芬恩在他睡觉时尽力确保大巨人整夜无休，因为大巨人已经三天三夜没休息，他觉得，如果大巨人在这天晚上睡上一会儿，第二天早上他自己就不是大巨人的对手了。这与奥斯卡的性格极不相符，不过，芬恩使出诡计诱骗大巨人整晚不睡觉一直讲自己的故事，倒确实与芬尼亚传奇中那个狡猾的芬尼亚国王相符。大巨人强打精神整晚都没睡，一直在给芬恩讲他的冒险经历；每当他想停下来的时候，芬恩就诱哄他重新开始，说完还要他别担心，因为芬尼亚勇士从不主动邀战，除非别人先向他们邀战。大巨人终于讲述完自己的冒险经历时，天已经亮了，奥斯卡来到阵前击打（这里用的词不是“drew”）作战的棍子。大巨人听到声音后对麦克库说，“噢，芬恩 · 麦克库，你欺骗了我”。后文略。他们当时都在阿兰（基尔代尔郡），芬恩的王宫里面，所以奥斯卡几乎不可能用棍子击打城堡的门。更有可能的是，作战棍立在城堡外面，这似乎是常规。坎贝尔的故事“太阳骑士（格里诺克骑士）”中提到了“作战链”，“作战链”与作战棍的功能一样，但没有作战棍方便，因为勇士必须先拉拽几下才能挥动它。在“红盔甲的乌兰”中也出现了同样的东西。故事里的英雄乌兰孤身来到一座城堡，一位正要去井边的女人被他吓了一跳，她指着链条对乌兰说，“每次摇晃树上的链条，你就能召唤出一百名披挂整齐的斗士，他们将要求你选择一种你喜欢的战斗形式，也就是说，与两人作战或是四人，又或是一百人”。爱尔兰民间故事中不断提到作战链。在芬尼亚故事之一“阿兰的小城堡”中，我们读到，“于是一位跃跃欲试的使者站出来，他们摇晃城堡上挂着的聆听之链，众人都侧耳聆听”；在“红盔甲的乌兰”中，王宫里有三条链子，一条金链子，一条银链子，还有一条芬德利尼链（一种金属，大概是铜），晃动这些链子是为了让参加宴会的人就座，并确保人们保持安静；如果有人在金链条晃动后说话，他的头就会被链条击中。

【青年库胡林的功绩故事中说到他的第一次探险，库胡林来到的三位麦克尼赫顿的王宫，根据奥卡利的总结（见《古爱尔兰人的行为和习俗》卷二，第366页），他“发出挑战的声音”。在总结《夺牛征战记》时（见《比较语言学杂志》1887年，第448页），齐默尔教授对这种声音有一段绝妙的描述：“王宫前的草地上立着一根石柱，石柱上环绕着一根闭合的链子（环），链子上写着欧甘文，大意是以骑士的荣誉担保，每个路过此处的骑士一定要发出挑战。库胡林拔出石柱，用力把它扔进旁边的小溪。”这是我能在古爱尔兰文学作品找到的、与我们这段描述最接近的例子（必须指出的是，目前见到的《夺牛征战记》可追溯至10世纪，或者，7世纪）。由于芬尼亚传奇中许多故事在12–14世纪时呈现出全新的、基本确定的样貌，我们自然就要去中世纪的骑士传奇中寻找对应的例子。12世纪的法国传奇《圣杯的故事》与盖尔民间故事有某种联系（我认为，这种联系基于一个事实，即法国诗人写的叙事诗有其凯尔特渊源；齐默尔教授则认为，流行的盖尔语民间故事中许多源自法国的传奇），珀西瓦尔走进女儿堡后发现了一张黄铜桌子，桌子上有一条银链拴着一柄铁锤。他用铁锤敲了三下桌子，这声音使得住在屋里的人来到他跟前。如果他们不这么做，城堡就会倒塌毁坏。同样的传奇中还有别的例子，但都不那么相近；就这样，珀西瓦尔来到他的敌人巴第纳尔的城堡前，珀西瓦尔把巴第纳尔挂在城堡外面一棵树上的盾牌扔在地上，以示对他的蔑视（诗行44,400，余略）。众所周知，骑士比武时，大家认可的挑战方式就是挑战者用长矛触碰对手的盾牌。这或许是康纳尔·古尔班故事中多次出现的"盾牌相撞"挑战方式的起源；或者，从另一方面来看，这个中世纪习俗或许是一种更古老的习俗的骑士版变体。13世纪以散文形式写成的传奇《高卢人珀西瓦尔》中，主人公来到特宁堡，发现大门紧闭，于是用剑狠狠一击，剑刃没入大理石柱三英尺深处（见波特文编辑的版本，第196页）。这些中世纪作品中的例子似乎还不足以解释我们这个文本里的故事单元，我倾向于认为我们的故事保留了古代爱尔兰骑士生活的真实特征。在肯尼迪的故事"杰克主人，杰克仆人"中（《爱尔兰凯尔特人的传奇小说》，第32页），主人公抓起"门上挂着的棍子"，用它敲门。——A.N.】

第17页。"这天夜里，他们……"这段简短的铺排与"红盔甲的乌兰"中的一个段落十分相似，那个段落中的铺排是这样的：这一夜分为三段，前三分之一夜，喝酒玩游戏，接下来的三分之一夜，唱歌奏乐比谁知道得多，后三分之一夜，进入温柔的梦乡，他们就这样度过那一夜。

第20页。这里的马和港口指代模糊，十分奇特。事实上，老人家讲到这里时，为这个荒唐的段落脸红了，不过他还是按惯例讲完了这一段，显然很不情愿。他解释不了这一段，只能道歉说"这是他从别人那里听到的内容"。

第21页。三刃剑很奇特；第三个刃似乎指的是一个圆形的凸起，因为它不太可能像刺刀那样呈三角形。"这把剑伤人不血刃，剑过不留痕”是爱尔兰文学作品里常见的表达。令人感动的迪尔德丽的故事中，尼沙要求用这样一把剑砍下他的头颅，这把剑是很久以前海之子马楠龙给他的。

第26页。通过汉斯·安徒生的故事《旅途的伙伴》[3]，欧洲所有的孩子都知道这个故事的基础，或者说，成因。

【我研究了这一类故事的一些特征，见《阿盖尔郡故事集》，第443—452页。——A.N.】

馋虫精灵

第27页。馋虫精灵的传说广为流传，我在爱尔兰各地都发现了它的踪迹。馋虫精灵其实是蝾螈，不是人们一般以为的蜥蜴。自然学家称它为斑点滑螈，是爱尔兰境内唯一已知的蝾螈种类。雄性滑螈的肚子是橙色的，尾巴尖是红色的，背部是橄榄色的。在爱尔兰大部分地区，滑螈都是一种稀有的爬行动物，这很可能是迷信的人们害怕它的原因，未知的东西格外可怕嘛。在不同的郡县，这种爬行动物有不同的名字。农民们用英语交流的时候，不叫它的爱尔兰名字，而称它为“看守者”，“看守者”这个称呼与我们的故事里说到的迷信可能有些关联。有些郡县的人叫它“暗客”，这个词可能是爱尔兰语dochi-luachair的变体，我听基尔代尔的人说过这个爱尔兰语词，不过，字典里没有这个词。在沃特福德，它被叫作馋虫精灵，爱尔兰手抄本里也叫它馋虫精灵。文本中的alt-pluachra是馋虫精灵alp-luachra的错误拼读。在艾兰岛，它们还有一个名字，叫ail-chuach。我经常听说人们在睡觉时吞下一个馋虫精灵的事。人们说，吞下馋虫精灵后的症状包括：身体肿胀得很厉害，备受口渴的折磨，于是成罐成桶地喝水，喝牛奶，或者任何手头够得着的东西。在爱尔兰南部，人们相信如果锅里正在煮什么好吃的，而人的头又在锅的上方，"看守者"就会出现。沃特福德有一个和这个故事很相似的故事，不过与一种被称作"达拉迪尔"或者"达拉噶伊尔"的东西有关，这是一种有毒的昆虫，与它有关的传说比馋虫精灵还多。在沃特福德郡，人们都说，如果把馋虫精灵翻个身，舔舔它，可以治烫伤。爱尔兰历史学家、神学家基廷在《死亡的三支矛》中，以离奇有趣的方式提到了这种爬行动物，后来，阿特金森博士在编辑这本书时很好地保留了原文。"既然，"基廷说，"世俗的财富是敌人（魔鬼）的武器，一个人应该做的就是，散尽家财消灭敌人，也就是说，把财物分给天下的穷人。这与我们在《神圣原理》中读到的一致，也就是说，如果馋虫精灵在人身上留下伤口，这个人必须做的就是，在伤口上撒一小撮馋虫精灵的灰，如此就能得救；那么，如果世俗的财富在良知上留下伤口，你必须做的就是，将同样的财富敷在伤口上以治愈它；也即，你因贪婪敛聚财富，财富在你的良知上留下这个伤口，那么，将你所需之外的一切分给天下的穷人，你就能得救治。"4世纪的拉丁文作品中提到的习俗在今天的爱尔兰被用于处置"达拉迪尔"，即自然学家称为黑甲虫的东西，人们只要发现这种东西就会马上烧死它。我经常听人说："杀死一只基尔霍格（小甲虫），烧死一只达拉迪尔。"

第33页。博卡赫，字面意思是，瘸腿的男人，确切地说，这个词是19世纪初左右，一个十分常见的、对乞丐群体的称谓。这些乞丐中很多人其实很富有，一些人常常骑着马去收集人们不情不愿地施舍给他们的“救济物”。从各种记载来看，他们似乎是一群职业勒索犯，以身体威胁加道德恐吓的方式勒索善款。讽刺的是，人们畏惧他们如同畏惧他们手中的棍棒，至少他们中的一些人令人畏惧如此。有一首现在几乎被遗忘了的歌叫作“谢谢你博卡赫”，歌中描述了他们的野蛮，以下是个有趣的样本：

我是一只脚走路的博卡赫，我四处流浪无忧无虑，

我要去基尔基尼买羊毛毡布做条马裤，

我要穿上精工细作的大衣，给我的脚配上黄色的皮带搭扣，

这难道不好吗？这是我获得食物和衣物的方式，自从不能双脚走路以后。

从斯莱戈到金赛尔，见不到博卡赫和行脚贩，

从巴利纳到米斯郡的巴利维（阿斯博伊），

如果收不到高价的租金——每一克朗他们得给我四分之一[4]，

我就用绿色的橡木棍把他们的骨头都敲烂。

人们对这些不速之客的可怖记忆大都不复存在了，我们这个故事里的博卡赫也只是一个手无缚鸡之力的老乞丐。我认为，这个将馋虫精灵一家从他们的宿主体内赶走的故事是从很多人的父辈那里传下来的，也是故事里麦克德莫特的父亲从他的父辈那里听来的。

【14世纪的爱尔兰语故事“麦克康格林见到的神启”是个著名的拉伯雷式的故事[5]，它的源头就是农村对馋虫精灵的迷信吧？——A.N.】

第40页。像猫一样，白鼬这种动物也有很多相关的传说和迷信。有一个老讲述人，很不幸，他已经去世了，我记得他给我讲了一个很长、很特别的故事，故事发生在离都柏林几英里远，一个名叫查波尔利佐德的地方，爱尔兰语是“Séipeul-easóg”，意为“白鼬的小教堂”，一般认为这个名字是亚瑟王传奇里的伊索公主取的。故事讲的就是这个地名的由来。老讲述人是康诺特人，除了收获季节去英国收割庄稼外，从没离开过家乡，不知道他从哪里得来这个故事，不过，我想一定是附近什么人，在和他一起穿过小岛去都柏林或者德罗赫达港口时讲给他听的，平时他在这个人家里度过了不少故事之夜。白鼬是一种有趣的小动物，人们总觉得它活力十足，像个精灵。有一个我认为非常诚实的老人很肯定地告诉我，一天晚上，一只鸢在河边等着抓鸭子的时候，突然俯身冲下来，抓住了一只白鼬，这只鸢抓住白鼬飞到空中。老人的兄弟朝空中开枪，鸢掉了下来，白鼬仍然在它的爪子里，毫发无伤。这个小家伙站起身，走到老人和他兄弟坐的地方，冲他们点头作揖，作了大约二十个揖；“白鼬的意思是，”老人说，“他很感谢我们。”白鼬是个不顾一切的斗士，总是冲着对手的喉咙下爪。在爱尔兰，所谓的“黄鼠狼”其实是白鼬，就好像所谓的“乌鸦”其实是白嘴鸦，所谓的“鹤”其实是鹭。

波丁（帕迪的昵称）去的卡赫纳马集市，意为“肉牛市”，现在的英文名是韦斯特波特（Westport），梅奥郡最大的市镇之一。有人说，从镇上那些空无一物的破商铺和长长的荒凉的商铺街中，可以一窥爱尔兰的特质，一言以蔽之，就是——“对伟大与虚无的渴望”，这句话倒是完全适用于18世纪的乡绅政治与资产阶级。

第44页。“大黑狗”看起来是恶灵喜欢附身的形体。在这本集子里他出现了三次。

第44页。张开腿跨坐在酒桶上的小个子男人，看上去与爱尔兰南部一种叫克鲁拉罕的精灵相似，爱尔兰北部或西部的人不知道这种精灵，至少没听说过这个名字。参见克罗夫顿·科洛克的故事“鬼魂出没的酒窖”。

第47页。“青山打开门”等等。年纪大些的农民至今仍然把仙子称作图阿赫·泽·达努（意为“达努女神的子民”），所有早期爱尔兰文学都认为，在米利希安人把平原据为己有之后，图阿赫就把家安在山里了。在《故事集》中有个“吹笛手和普卡精”的故事，这本集子里没收录它的译文，故事里，克罗帕特里克山上的门打开了，吹笛手和普卡精进门后发现，里面有女人在跳舞。多纳尔，是小吹笛手的名字，它的英文是丹尼尔，只有个别爱尔兰家族还保留着以前的拼写。国王和王后坐的“灵车”，字面意思是“聋子马车”，可能因为它行进时发出隆隆的声音，据说，猖女有时也坐这种马车。见到“灵车”是得病的凶兆。在仙子中出现这种车似乎有些突兀，因为它是不祥的死亡信使，“灵车”也会从拥挤的市镇穿行而过。科诺克莫伊（Cnoc Matha，最好写作Magha）是平原上的一座山，在高威的蒂厄姆镇附近。芬瓦拉是著名的康诺特仙子之王。在王尔德夫人的故事“新娘艾迪娜”中，据说芬瓦拉把一个美丽的女孩带回山中，女孩的爱人历尽艰险才把她救回来。女孩被带回家后，在床上躺了一年零一天，就像死了一样。最后，她的爱人听到有声音说，解开并烧掉她的紧身裙，把裙子上那口施了魔法的别针埋在土里，或许就能救活女孩。这很可能就是我们在“爱尔兰国王的儿子”里多次遇到的安睡别针。仙后名叫努拉，这是过去几百年里十分常见的女子名。麦克阿瓦德曾经为恩主奥唐纳的妹妹努拉写过一首雅致的挽歌，曼根译得很好——

噢，女人铭心刻骨的哭声，

在你的坟茔旁哀伤至极——

我不认为现在的基督徒会取这个名字，这个名字与梅芙、乌娜、茜拉、莫琳等百年前爱尔兰女子常用的盖尔语名字一样，遭遇了与美好的名字不相称的命运。

我在另一个故事中也听到过小人山，故事名为“中了魔法的鸟”，讲的是一个仙子想要某人“从小人山脚下的菲日博罗格国王那里”带回一把光之剑。尼芬，是梅奥北部克罗斯莫利纳的一座高山。

第48页。“黄发懒汉”，字典里没有Stongirya(stangaire)这个词，我想，它的意思是“卑鄙之徒”。鸽子洞在梅奥郡西部孔恩村附近，是地上一个很深的洞穴，往洞里丢一块石头就可以听到石头下落时在岩石墙之间撞击翻滚的声音，这声音会越来越微弱。这个地方总是与奇妙、不可思议有关。

利安姆·奥鲁尼的葬礼

第50页。斯宾塞或许读到过某个爱尔兰传说，讲的就是魔法变出来的赝品男人，这个传说给了他灵感，于是有了阿奇马戈用

魔法变的假乌娜:

是谁在此间，以魔法和暗术，

将另一个精灵变作一位女士，

让液态的空气化为温柔的她，

在所有男人眼中，她就是可爱的乌娜，

足以让软弱的灵魂失去理智。(余略)

我不记得在别处看到过这种让事情变得复杂化的、简易“机关之术”。

第55页。利安姆巧妙地把诅咒语改为祈福语，说道，“上帝保佑”(直译为“赶走我身边的鬼”)，爱尔兰农民都这么说，即使盛怒之下也不例外。“让我的灵魂远离魔鬼吧”是表达愤怒与惊奇的常见口头语。

黑脚丫的古力士

第58页。第一次听到这个故事时，我以为主人公的名字是“Goillís”，根据发音，它的英文应该是古尔伊实(Gul-yeesh)；后来，我听到了更明确的发音，确定了这个名字应该是古力士(Giollaois, g'ylleesh)，即Giollaíosa这个名字的一个变体，这是17世纪盖尔人常用的教名。不过，我第一次听到这个故事时，讲故事的人(现在已经去世了)确实称主人公为古尔伊实。对此，我的朋友托马斯·弗兰纳里给我提供了以下这条有趣的注释:“Goillis这个名字不太可能是Giolla-iosa，这两个名字不可能相互转换。我认为Goillis和Goill-ghéis或者Gaill-ghéis(即海天鹅)一样。Géis的意思是天鹅。

我记得年鉴里有一个叫Muirgheis（海天鹅）的名字；很多人的名字来自鸟类或动物的名字，比如布兰（渡鸦），菲亚赫（小嘴乌鸦），卢恩和卢宁（黑鸟），肖沃克（隼），等等。此外，他是黑脚丫的古力士。你不知道在爱尔兰很多地方，人们把天鹅叫作黑脚丫吗？这个故事里还有其他东西让我相信，这是众多天鹅故事之一。公主会喜欢一个像古力士这样，脏脚丫、黑脚丫的懒惰男孩，这难道不奇怪吗？黑脚丫这个诨名不是在故事开始时出现，并且一直用到故事结束，这难道不奇怪吗？这个诨名被忘记了，他为什么会有这个诨名的原因也被忘记了。”

就像弗兰纳里先生说的那样，这确实很奇怪，很有可能是讲故事的人记得不完整。为了说明黑脚丫的来历，古力士应该声称，他永远不洗脚除非一位公主爱上他，或者其他类似这样的话。这或许是故事原初的样子，要知道这些故事在过去的半个世纪里一定严重受损，因为人们不再对任何与爱尔兰语有关的东西感兴趣了。

王尔德夫人的书里有两个故事与这个故事类似。“午夜骑手”是一个四页纸的短篇故事，主人公恐吓教皇，假装要火烧教皇的宫殿；这个故事的结尾与克罗夫顿·科洛克的许多故事一样——“从那一刻起到现在，他的妻子一直认为，整个故事是他与男孩们饮酒狂欢后，在回家路上，躺在小草垛下面睡觉时做的梦。”我相信这个结尾是19世纪某个细致过头的收集者留下的讽刺的一笔，因为以我的经验，没有一个故事讲述人会把主人公的经历归结为一场梦。另一个故事叫作“偷来的新娘”，讲的是主人公“奎宁的科恩”在万圣节夜从仙子们手里救回一个新娘，可是这个新娘既不说话也不吃东西。第二年的万圣夜，科恩听仙子们说，要治好这个女孩就得让她吃到她父亲的桌布上摆的食物。女孩吃了以后就好了。古力士对教皇的戏弄让我们想起15世纪浮士德博士的故事及其对付教皇的把戏。

【参见《凯尔特传统中的小流浪儿和迷路人》第一卷里迈克尔·司各特的罗马之旅，第46页。和浮士德的故事不同，这些故事对教皇的无礼似乎与新教主义无关，不过，我曾指出过，迈克尔·司各特与浮士德之间有些有趣的联系。古力士似乎是一个早期的民族主义者，认为他的村子和朋友比他的教会领袖更重要。——A.N.】

对婚礼的描写与克罗夫顿·科洛克的故事“主人与男人”中的描写相似，不过，在科洛克的故事中，婚礼发生在家里。

古力士的故事似乎是个很少见的故事。除了第一次听到它的地方（斯莱戈、梅奥和罗斯康芒三郡相会处的附近），我在其他地方都没有发现这个故事的踪迹。

【所以，这个故事似乎是一个非常晚近的版本，在某些古老的故事单元的基础上添加了一些不相兼容的新故事单元。——A.N.】

第66页。“她的脸蛋白里透红，就像玫瑰花和百合花争相开放。”这是爱尔兰诗人经常使用的句子。奥卡罗兰未出版的诗歌中，有一首这样描述他青年时期的恋慕对象布丽吉特·科鲁兹：“她的脸蛋白里透红，像最白净最明朗的百合花——一场世界之战——与玫瑰花争相开放。看这两花争艳；我要拼——玫瑰不会自愿让步；我要赢——决不让百合得胜；噢，上帝！这场战斗真是激烈！”等等。

第69页。“我以上帝的名义，把您交给我自己！”古力士喊道。这是爱尔兰人经常说的话，这样说话的一个根本原因在于，某些现象的始作俑者是仙子精灵。每当孩子跌倒，母牛在挤奶时踢来踢去，动物变得闹腾不休的时候，我就能听到女人大喊，“我要请上帝把你给我”，这句话的简略版就是“我的主，我的主”[6]。

世界尽头的井

第82页。这个故事还有两个别的版本，一个是肯尼迪讲述的版本，经英语滤过后水分尽失，故事里的达尔格里克是个睿智的老隐士；另一个版本要好得多，是柯廷的。我收集的好几个故事里都有达尔格里克，这个睿智的盲人是国王的顾问。我不记得在我们的文学作品中见到过达尔格里克。布维苏尼是国王的城堡的名字，我认为，这个地方在梅奥郡，可能最好写作Buidhe-thamhnaigh。

第84页。这位身穿红色丝裙、出现在王子面前的美丽女子是民间故事里特有的人物，故事结束的时候，她再次出现在王子面前。她可能是好运的象征。柯廷和肯尼迪的两个平行版本都没提到她。

第87页。这里说的“硬弓”不太可能是通常说的弓，因为通常说的弓是bógha；不过，它或许指的是十字弓。

第90页。所以，这个故事有其道德寓意，王子有求必应是出于对上帝的尊敬和虔信，正因如此女王才能够找到他，并且最终嫁给了他。

第91页。在《故事集》中，有一个“长牙女巫”的故事，这里没有提供故事译文，那个故事里的老女巫把顶针变作一条船，把船放进水里，就像这个故事里的美丽女子做的那样。

第94页。柯廷的故事里没有梯子这一故事单元，柯廷的故事里，王子的兄弟们在试图骑乘女王的马时被马扔下来。“瘦弱的格雷·科尔内”里也有一段类似的、对梯子的有趣描述，这个故事我有一个很好的抄本，是1763年的本子，抄写人是个北方人。说它有趣是因为它描述的把戏与我从奥尔科特上校那里听来的几乎一模一样，奥尔科特上校是美国著名的通神论演说家，他说，他见过变戏法的印第安人经常表演登梯魔术。奥尔科特上校来爱尔兰以神智科学的方法研究爱尔兰童话故事，他认为，变戏法的人能够对他人施加影响，想要人们看到什么人们就以为自己看到了什么。奥尔科特上校特别提到这个让人们看见一个人正在爬梯子的例子。我将抄本里的原文引用如下：

后来，科尔内从腋下掏出一个袋子，从袋子里掏出一个丝质的球，他把球扔向广袤的穹苍，球变成一架梯子；接着，他掏出一只野兔，让野兔爬上梯子。然后，他又掏出一只红耳朵的猎犬，让猎犬跟在野兔身后爬上梯子。后来，他又掏出一只既害羞又活泼的狗，让这只狗跟在野兔和猎犬身后爬上梯子。“我担心，”他说，“猎犬和狗会吃掉野兔，我想，我得给野兔送个帮手过去。”于是，他从袋子里掏出一个衣着体面的英俊青年，让这个青年跟在野兔、猎犬、狗的身后爬上梯子。接着，他又从袋子里掏出一个衣着美丽的可爱女孩，让这个女孩跟在野兔、猎犬、青年和狗的身后爬上梯子。

“这下子，情况对我不利了，”科尔内说，“因为青年会去亲吻我的女人，狗会去咬野兔。”于是，科尔内又把梯子放下来，发现果然像他说的那样，青年“和女人在一起，狗在咬野兔”。

英语故事“杰克和豆茎”是一个最著名的梯子故事。

第95页。最初创作这个故事不是为了解释高威十二个部落的来历，因为所有平行版本里都没有任何对十二部落的影射；很明显，用它来解释十二部落的来历是某些高威讲述人后来生出的绝妙想法。

克里诺庄园

第96页。罗斯康芒郡与梅奥郡之间隔着龙河，克里诺庄园是龙河边一处古老的废墟，离巴拉哈德林镇大概几英里远。不管故事里怎么说，我相信，克里诺庄园是迪伦家族的人修建的，而且历史不是很长。这些地方现在还流传着关于罗斯康芒郡几个大庄园的预言。科隆纳里士，是奥康纳·唐家族的老房子——那些倔头巴脑的人坚持要把唐（Donn）拼成谭（Don）；东噶，是德·弗雷恩家族的老房子；劳赫林，是迪伦家族的老房子，等等；其他诗文中有一条预言称“克里诺永远没有屋顶”，人们都说这条预言已经应验，克里诺没有人烟，也没有屋顶。基于此，我十分不明白这个关于贝洛的儿子克里诺的故事是怎么出现的，我承认，我在河这边的罗斯康芒郡一直找不到这个故事的任何踪迹，我也不知道给我讲这个故事的林奇·布莱克先生是从哪里得来这个故事的。罪恶之眼贝洛，是故事“图伦的孩子们”里的人物，他不是爱尔兰人，是“巨人”。给玛丽·克里根带来如此不幸结局的“帕特恩”是一个纪念守护圣徒（patron saint）的节日。半个世纪以前，很多地方都有这样的纪念节日，节日期间，人们狂欢作乐，举行各种娱乐活动，经常有恶斗的场面。近年来，这些节日已经废除了，和所有那些生动活泼极具爱尔兰特色的东西一样消失了。

【这个不寻常的故事混合了农村常见的对鬼屋、土堡的迷信与源自书本的神话传说。在那个很有名的关于麦克基尼利的故事里有贝洛，这个故事是1855年由奥多诺万记录下来的，他是从托里岛的沙内·奥杜根那里听来的（参见约翰·奥多诺万编的《爱尔兰王国编年史，四修士编，从最早到1616年》第一卷，第18页，以及里斯的《希伯特讲座》，第314页），这两本书里都有贝洛，爱尔兰诸神传说中黑暗力量的主要代表之一，但这是否能证明民间确实存在对这个神话人物的信仰，我还是有些怀疑。——A.N.】

尼尔·奥卡利

第103页。这个故事的开头很突兀，与开头一样奇特的是接下来的那些磕磕绊绊的短句。拉米尼先生听多尼格尔郡格伦科伦基尔的一个本地人讲了这个故事，拉米尼先生按照发音，逐字逐句地把故事记录下来。他告诉我，这个本地人讲述的其他故事和这个故事一样，风格奇特。我肯定，我的讲述人中没有人给我讲过类似的故事。尼尔要求铁匠为他打造的克鲁姆斯金和高尔斯金是我在别处从未见过也从未听闻过的工具。根据词源，这两个词似乎是指“弯刀（stooping-knife）”和“明刀（bright-knife）”，它们很可能曾经是爱尔兰人熟悉的手术器械，如今却已无人知晓了，只有一些布满灰尘和霉菌的医学手抄本还会提到它们，爱尔兰的外科医生曾经就从这些抄本中学习知识。主人公的名字，根据发音拼写出来更像是尼奥·奥卡罗威而不是尼尔·奥卡利，不过很难用英语字母拼写出爱尔兰语的发音。尼尔从小锅里拿出人头的时候（小锅skillet是莎士比亚时代的老词，顺带说一下，这个词源自古法语escuellette，用于爱尔兰各地，且被盖尔语吸收），头掉进格里格（gliggar或gluggar）里面。爱尔兰语“格里格”是个象声词，在说英语的人群中非常流行，人们用它模拟咕噜咕噜的声音，比如印度橡胶球里的水发出“格里格”的声音；一个不新鲜的鸡蛋被叫作“格里格”，因为晃动它的时候，它就发出“格里格”的声音。几天前，我在奥多诺万·罗萨的报纸《联合的爱尔兰人》上看到了这个词，这个默默流传于乡间的词变成了民族斗士表达自豪与斗志的口号，出现在每一份报纸的头版，下面这句有力的口号表明了罗萨的政治信仰：

> 就像母鹅坐在蛋上孵小鹅一样，爱尔兰人也要坐在英国人的议会上孵出爱尔兰人的议会。

这个故事的动机与“爱尔兰国王的儿子”很像，是众多对死者表达怜悯的故事中的一个。

没有脑袋的身体

第114页。这一段对无头鬼分开两腿跨坐在啤酒桶上的描写，让人想起克罗夫顿·科洛克的故事“克鲁瑞可沃”，以及“波丁·奥凯利和白鼬”中老女巫的儿子。苏格兰高地传统中有“没有脑袋的身体”的传说，他常在某个浅滩出没，杀死那些要路过浅滩的人；常规故事不把他作为主题。

这个故事有一个变体，其中主人公的名字叫劳伦斯，鬼出没的堡垒叫作巴林弗伦纳。故事里还提到，鬼在法庭出现的时候，浑身流血，就像他被杀当天的样子，那个管家一看到他就晕了过去。

多纳尔的勇气使得鬼不敢伤害他，我收集的另一个故事也有类似内容，那是一个与格林兄弟的故事“男人出门学习什么是害怕到发抖”十分相近的盖尔语故事。与主人公躺在一起的鬼解释说，三十年来，他一直在等一个不会害怕鬼的人。这显然就是故事的道德寓意。

长牙齿的老女人们

第119页。民间想象中，喜欢把长牙齿作为可怖人物的附属特征。在我的《故事集》中，还有一个关于长牙齿的老女人的故事。我在康诺特收集到的一个故事叫“浑身斑点的公牛”，故事里有个巨人的牙齿长到足以为他做一根拐杖，他要主人公走近他，“直到我可以把你拉到我又长又冷的牙齿下面”。

劳赫林，是一个距离卡斯特里西北部几英里远的小村子，在罗斯康芒郡境内，离梅奥郡不远。德里米纳赫树林，是附近一个树木丛生、枝繁叶茂的林地。与之毗邻的教区叫作巴利格拉斯。有两个巴利格拉斯，上巴利格拉斯，下巴利格拉斯，我不知道故事里说的是哪一个。

【在这个有趣的故事里，家族传统与对鬼屋土堡的普遍信仰似乎混合在一起。我们不清楚，为什么女儿们因为父亲的罪行而中魔咒。我相信，在爱尔兰其他地区的民间信仰中不太容易找到类似的观念。我更愿意相信，在最原初的故事里，姐妹们无论如何都要帮助或者支持她们的父亲，又或者，她们支持了兄弟的弑父之举，所以才被惩罚。神父的狼狈经历也很有趣。——A.N.】

威廉树

第128页。我不知道格兰妮雅是谁。这个故事里她的出现十分神秘，我在别处从没见过她的踪迹。这个名字的意思似乎是，贞女格兰妮雅。

【我们这个故事属于一个大类——被毁谤、受攻击的女儿或儿媳。在一个德语故事里，这个故事属于禁室系列（格林童话，No.3，玛丽的孩子），贞女玛丽是一个女孩的教母，她把这个女孩带到天堂，禁止她打开某一扇房门。贞女玛丽的教女没有遵守禁令，并且三次否认自己打开过房门。为了惩罚她，贞女玛丽把她从天堂驱逐到一个长满荆棘的树林里。有一天，贞女玛丽的教女坐在林子里用长发盖住自己赤裸的身体，一个国王经过树林，看见她并且爱上了她，尽管她不能说话，国王还是与她结了婚。她生第一个孩子的时候，贞女玛丽出现了，她向自己的教女保证，只要她承认错误就让她开口说话；可是教女拒绝了玛丽，于是玛丽带走了孩子。这样的事情发生了三次，人们指控王后（也就是贞女玛丽的教女）吃了自己的三个孩子，她将被处以火刑。受刑时，王后悔罪了，于是火焰熄灭，贞女玛丽带着三个孩子出现在她面前，把孩子交还给他们的母亲。爱尔兰是不是也有与禁室故事类似的故事呢？或者说，芬恩的妻子格兰妮，就是贞女玛丽的翻版，反之亦然？贞女玛丽是否是另一个更古老的异教女神的翻版呢？——A.N.】

老乌鸦和小乌鸦

第130页。参见坎贝尔的《西部高地流行故事集》第三卷，第120页，有一个寓言与“老乌鸦和小乌鸦”的寓言几乎一模一样。

1 海德把这个题目译为“The Slender Grey Kerne”，坎贝尔则译为“Slim Swarthy Champion”。kerne的爱尔兰语有可能是Ciarán，有可能是cearnach，也有可能是ceithearn。Ciarán是个传统的爱尔兰男孩名，意思是深肤色的小个子男人，或者深发色的小个子男人；cearnach的意思是得胜的；ceithearn的意思是亡命徒、草莽英雄，我们熟悉的“侠盗罗宾汉”就是一个草莽英雄。由此来看，坎贝尔的译名似乎更合理，我把坎贝尔的译名译为“黑瘦的常胜”，由于无法从海德的行文中推测“grey”的确切含义，我把他的译名译为“瘦弱的格雷·科尔内”。——译者注

2 纳特提到的《古人对话录》是一部重要的爱尔兰语叙事作品，很多芬尼亚勇士的故事就源自这部作品。不过，目前一般认为，这部由基督教修士完成的作品成形于12世纪。——译者注

3 安徒生在谈论为什么写这个故事时说，“《旅途的伙伴》的创作过程本来就是一个故事。在我的诗集里，当然，我这本诗集是我最早出版的一本书。它的出版日期是在1829年的冬天，准确一点是圣诞节前后，我第一个童话《妖魔》就收集在这本诗集当中。这个故事我从小就想讲给别人听，但一直没有讲好，差一点让别人把它忘记了。在前几年吧，我又把它在稿纸上复述了一遍，才稍感满意，于是改《妖魔》为《旅途的伙伴》”。详见安徒生：“序言”，《安徒生童话全集》，宋涛主编，西北大学出版社，2003年。——译者注

4 1克朗值5先令，1/4英镑，据文献记载，当时英国农民每天付给劳工的工资是1先令到半先令不等，爱尔兰农民每天付给劳工四五便士。——译者注

5 一般认为这个故事是11世纪晚期12世纪早期写成的，现存于《斑点书》和一个16世纪或17世纪的手抄本中，两个版本有很大的差异。——译者注

6 这句话的英文是“I call and cross you”，cross有在胸前画十字的意思，这个动作是向神祈祷，天主教徒相信十字架有避邪的作用，可以赶走仙子精灵。古力士的祈祷中cross与consecrate同义，从上下文看，他是想赶在仙子之前祈求上帝把公主交（许配）给他。——译者注

补　遗

阿尔弗雷德·纳特

我本想为这些故事写一个详尽的评注，就像我为邓肯·麦克因内斯牧师收集、翻译的《阿盖尔郡故事集》作的评注那样。然而，被事务与身体拖累，我没能实现自己的计划，只能在这本集子里东看看西瞧瞧；我很高兴得到了我的朋友海德博士的许可，对他在前言中谈到的几点说说我的看法。

我特别感兴趣的是，海德博士谈到的民间故事与文学作品的关系，也就是，流行于爱尔兰和苏格兰盖尔语人群中的现代民间故事与11世纪至今的手抄本中保存的爱尔兰神话、英雄文学、浪漫文学之间的关系。

在爱尔兰，要区别起源清楚的故事与起源不清楚的故事，比在别的地方更为不易，在今后很长一段时间里，对于两者间的具体区别，学生们还将各抒己见。因此，请允许我在某些方面保留与海德博士相左的看法，尽管总体上，我由衷地同意他的观点。

海德博士将更古老的民间故事（即“古老的雅利安传统”，前言第7页）与后来出现的“诗人创作”区别开来。他认为还有一类比“诗人创作”更年轻的作品，即18世纪职业故事讲述人写的罗曼司，“这些故事讲述人像现代小说家一样把他们的故事写了下来”。对于最后一类故事（前言第18页），海德博士说如今他在农村里已经找不到残章片纸了；少量有价值的证据是否有用当然还得取决于反面证据是否有决定性意义。回到第二类作品，海德认为，作品中的故事与其说源于古老的雅利安民间故事，不如说源自诗人头脑的个性化想象（前言第7页）。必须承认，现在流行于盖尔语地区的大量故事和歌谣无疑是在12—16世纪期间成形的，故事和歌谣的创作者无疑都是依附于每一个盖尔人首领的职业诗人和故事讲述人；

故事的传播方式是口头传播，按照习俗，故事讲述人不仅要把故事教给他们的学生，而且要把这些故事从一个地区带到另一个地区。

根据这些故事和歌谣的风格，我们可以足够精准地判断它们的时间。海德博士也注意到故事中的历史影射，比如故事“黑瘦的常胜”中提到了斯莱戈的奥康纳，又比如故事“康纳尔·古尔班”中提到了突厥人。我不得不说，依据这些来断定一个故事创作于1362年以后，另一个故事创作于君士坦丁堡陷落以后，是有些牵强的。“伯尼”出现在常见英语默剧[1]的某些版本中这一事实，并不能说明默剧起源于19世纪，只能说明这些版本曾经出入于19世纪农民的头脑中；同样，14世纪的康诺特首领很容易就取代了更早的古人，即“康纳尔·古尔班”中的突厥人，更早的巫师–巨人族。在这一点上，我不像海德博士那样想得太多，同样，我也反对他的另一个假设（前言第23页），也即，如果一个爱尔兰故事和一个波西米亚故事[2]共享一个故事单元，就证明这必然是一个史前的故事单元。我相信，很多民间故事以及很多其他形式的民间想象，都是在本地发展而成的，不是从外地进口的；不过，我绝不是否认进口的可能，而且我也承认不少例子都清楚地证明了这一点。

爱尔兰民间文学（如果可以使用这一表达的话）中，主要让人感兴趣的是诗人的故事。我认为，海德博士过于强调外在的、次要的东西，比如主人公的名字，或者对历史事件的影射；事实上，他以穆拉赫·麦克布里安为例，提出了一个我认为十分正确的理论，那就是，他把苏格兰盖尔语故事的源头追溯到爱尔兰的诗人故事，而这些诗人作者并非故事里各个故事单元的创作者，他们不过是为真正的民间故事穿了一件新衣服（前言第9页）。

假如我们掌握了做一个判断需要的所有必要材料，那么，我们在任何情况下都可以得出上面的结论。不过，我认为，就许多故事而言，更可能的情况是这样的：改写后的故事由宫廷讲述人传播给比他们卑微的农民讲述人的过程中，逐渐回归为原始的民间故事，它脱下首席诗人给它穿上的华冠丽服，把更古老、更疯狂的想法重新带给民众，这些民众比有文化的诗人更为赞同这些想法。比如，我十年前曾做过一个比较，把坎贝尔集子里的故事“穆哈赫·卡勒噶赫”（No. 36）与爱尔兰语故事“魔法树仙宫”相对比。前一个故事里有人们能想到的各种最疯狂、最荒诞不经的故事单元；后一个故事则把这些故事单元做了最大限度的合理化处理，使之看上去就像一段真正的历史。如果后一个版本是一个13或14世纪的首席诗人创作的，那么，我不认为它能生成前一个版本。要么，“穆哈赫·卡勒噶赫”源自民间故事，这个民间故事构成了爱尔兰语故事的基础；要么，民众欣赏并保留了某些熟悉的故事单元的新的组合方式，同时也保留了这些单元原有的更古老的形式，因为古老的形式无论在美学意义上还是道德寓意上，都与故事的整体构思更为契合；这一假设的可能性更大。我认为，民俗学者在考察盖尔语民间故事与盖尔语罗曼司（这个概念指的是那些来源清晰的故事）之间的关系时，可以学到一条重要经验：罗曼司要想被民众记住，并在民间得到传播，就必须遵循某些规则，证实某些关于人生的想法，顺应某些习俗惯例。我以为，爱尔兰诗人和故事讲述人对此驾轻就熟；他们秉持乡人的信仰，熟知大量影响故事内容的艺术与知识规则。诗人和讲述人或重组故事单元，或使之变得合乎常理，或添加少量未消化好的书本知识作为不准确的装饰——我认为，最多如此，也仅止于此——通过这些方式，他们在祖祖辈辈传下来的民间思想与民间话语中留下自己的影响，又把这些思想和话语，连同他们做的修改与增饰，传递给他们的孩子。

罗曼司不仅要遵循习俗惯例，还必须与构成一个民族之文化(我在最广泛的意义上使用这个被滥用了的词)的所有物质、智力、精神条件相契合。下面，我将举例说明。

就我所知，在所有创作来源清晰的现代童话故事中，有一个故事完全遵循了民间故事的惯例——“为沙格帕特理发”。这个故事像格林兄弟或坎贝尔故事集中最好的故事一样，严格、准确地遵循了民间故事的程式。天赋的特殊性在于，洞悉一个惯例的本质，并将之运用到极致；这个例子和其他例子都表明，梅瑞狄斯先生的作品无论缺少什么都绝不缺少天赋。不过，我不认为“为沙格帕特理发”能够适应这个国家的水土，成为一个爱尔兰民间故事，因为故事里的景色、故事的安排以及人物的性格塑造都太具东方特色。不过，如果让一个崇拜梅瑞狄斯先生的东方人把这个故事翻译成阿拉伯语或者印度语，再让一个开罗或德里的故事讲述人(假如现在还有这样的讲述人)得到这本书，我能想象，这本书经审慎剪裁后，一定会在市场或集市上为它的讲述人赢得赞美声。真若如此，必然是因为这个故事是严格按照传统建构而成的，而不是因为故事处处表现出令人印象深刻的创造力与想象力。除去作者的巧智与哲思之后，留下的是一个吸引东方民众的童话故事；

不过，这个故事必须先变成一具骨架，在骨架长出新的肌肉以后，它才能吸引西方民众。

若要更深刻地理解，为什么罗曼司必须遵循惯例，我们可以问自己，如果一个流连于17世纪的西部群岛的爱尔兰讲述人随身带着一卷哈克卢特或者珀切斯的游记，将会发生什么？或者，如果他在那里待的时间足够长，把笛福的小说或者《吉尔·布拉斯》也带过去了，又将发生什么？如果他用“芬恩与芬尼亚勇士”的故事充当车马费，当地人会不会同意？即使同意了，他讲的故事能够就此流传开来吗？这样撒下的种子会开花结果吗？会不会落到坚硬的地里，慢慢枯萎？

或许有人会反对说，真正的区别不在于内容而在于传播方式；这种意见似乎可以从海德博士那里得到支持，海德博士注意到，与利特里姆、朗福德、米斯的情况相反，民间故事在威克洛郡以及其他靠近佩尔地区的地方颇为流行（前言第3页）。然而，我们不能过高估计这一事实的意义，而且，海德博士显然已经做了正确的解释。我们或许认为，只要口口相传的文化还在，民间故事就会继续繁荣；只有当印刷物赶走故事讲述人以后，民间故事才会衰亡。可是，这种观点是站不住脚的。认为故事讲述人除了掌握某一类故事材料之外别无所长，这种看法是荒谬的。故事讲述人倚赖的是人类所有的脑力和想象力，不过，他熟悉的是其中某个区域，而他的听众更是如此，如果讲述人跨出这个区域，他的听众可能就听不懂了。我认为，民间想象与人类其他行为一起共享人类的财富，但总是在一个界限严格的范围内，越过这个范围就意味着放弃了民众的支持。

那么，民间想象的标志性特征是什么？这个问题与盖尔语民间故事尤为相关。后者中有丰富的过渡形式，对此进行研究比其他可能的研究更清楚地揭示了民间想象的性质和机制。

民间想象的产物（先不提民间哲学与巧智的产物，如谚语、格言、笑话，等等）可以大致分为两大类：

第一大类，半历史性的故事或逸事性质的故事，讲述人和听众视之为真实的故事（当然，真实程度不等）。这类故事大多与非人类（我们应该称之为超自然生物）有关，讲述他们与人之间的关系和交往。通常而言，故事里的角色全是人，或者人和动物。盖尔语民间故事中有很多这样的故事，这要归功于持久而强大的仙灵信仰。我们毫不怀疑，盖尔人和其他经历了某个特定文化阶段的民族一样，曾经对神灵做过一个有条理的等级划分。我们需要从名字本身、不明的暗示以及明显遭遇重要变更的故事之中拼凑出盖尔人的天神传奇。我们在盖尔语神话叙事的最古老的岩层中，发现了一些曾经拥有神格的存在，他们与人的关系被大量描述，同样，还有大量故事讲述了现代仙灵与现代农民的关系。达努神之后的头领们倾慕人间少女，神女渴望人间英雄并且将他们召集到自己身边。尽管他们不死不朽、气力非凡、充满智慧，但是人间的英雄依然可以在力量和智慧上比他们更胜一筹。他们仿佛知道某种我们发现不了的弱点之源，所以，在发生内讧的时候，他们总是急于寻求凡人及其后代的帮助。这种信仰，我们秉持了至少一千二百年，怪不得能够为盖尔人的民间想象提供如此丰富的资源。

第二大类故事中的行为总是发生在某个遥远的过去——很久以前——或者，发生在某个遥远的、位置不祥的地方，这类故事并不一定被视为对事实的记录。无论记载于诗歌中还是散文中，这类故事都可以进一步划分为三个小类——幽默的、乐观的、悲剧性的；就第三小类而言，必须指出的是，人们一般认为这些故事曾经真实发生过，尽管不像第一大类故事那样有触手可及的真实感。

不同类别的故事之间存在一些共同特征，不过，这些特征的比例是不同的。

第一，喜欢并遵循相对少量的固定程式。显然，这一点在第一大类故事中不那么明显，因为在乡民心中，第一大类故事记录的是真实发生过的事情，有几分现实生活的多姿多彩。不过，这类故事中依然会有最引人注目的共同特征；比如，有一个从日本到布里塔尼广泛流传的逸事性质的故事，讲的是一个掉包仙灵如何为煮沸的鸡蛋壳而感到困惑不解[3]。

第二，在道德层面上毫不怀疑地接受宿命论，这里说的宿命不是伊斯兰教或卡尔文教所谓的宿命，而是一种必然性，也就是说，一旦选择了完成某件事的特定模式，这一事件必然会具备某种特性。通常而言，在大量讲述超自然生物以获得某种隐秘好处为目的，帮助凡人完成特定任务的故事中，这个特征是显而易见的。哪怕故事里的凡人粗心大意、蠢笨得让人失望之极，事情的结局也不会因此改变；同时，没有凡人的配合，他的帮手——那个超自然生物——再有手段与勇气也没有用武之地。在我称之为悲剧类的故事里，这种宿命论有其道德意义，“报应”这个概念就是由此而来的。

第三，在精神层面普遍接受泛灵论，也即，普遍相信不独人和动物有生命，举凡力量显现之处都有生命。人的生命与广义上的自然生命之间的区别则在于，后者拥有更强大的能量，更占优势。

相比来说，第一大类故事不那么恪守程式，幽默类的故事里的宿命论和泛灵论更少。这是必然的，因为，一般而言，这些故事仅关注人与人之间的关系。

最有趣、最令人困惑的问题与我称之为乐观类和悲观类的故事有关。差不多所有非幽默类的儿童故事都属于乐观类的故事。“他们结了婚，从此快乐地生活在一起”几乎是恒定不变的结尾程式。英雄赢得公主，坏蛋被惩罚。

儿童故事的这个特征也是天神传奇的特征。宙斯打败泰坦人，阿波罗杀死百逊，鲁格战胜贝洛，因陀罗（帝释天）降服布利陀罗（弗栗多）。表面看来，这条规则有两个例外。条顿神话具有悲剧性，终结之战的阴影总是笼罩着以奥丁为首的诸神。人们一直用基督教思想的影响解释这一点，然而，虽然我们必须坦承，诸神死亡时的某些细节受到了基督教的影响，但为什么伊朗的天神传奇也像这样悬而未决，不以坦率乐观的结局结束呢？这让我怀疑善恶力量之间不分胜负的战斗并非条顿神话中纯正的、必不可少的一部分。大家都知道，里德伯在斯堪的纳维亚神话与伊朗神话之间发现了一些引人瞩目的联系。

伟大的英雄传奇与这种有道德寓意、抱乐观精神的故事类型形成了鲜明的对比。几乎所有的英雄传奇都极具悲剧性。特洛伊的厄运、亚瑟的死亡、尼伯龙人之死、苏赫拉布[4]、隆塞沃之战[5]、卡乌拉之战[6]、库胡林与菲迪亚之间的手足相残、阿特柔斯家的悲伤，这些不过是少数体现英雄故事基调的例子。阿喀琉斯、西格弗里德、库胡林死的时候正值最好的年华，古语说得好，诸神所爱者英年早逝，至少对上述英雄来说是这样。为什么童话故事的王子不是这样呢？是因为在讲述人和听众心中，英雄故事讲的都是那些曾经真实存在过、战斗过的人吗？也就是说，这些英雄从天神、仙灵、古代国王生活的神秘仙境而来，下到凡尘后就变得和凡人俗物一样，易于朽坏死亡了吗？对于这样或类似这样的问题，有的学者有现成的答案：英雄史诗在某个特殊民族中一次性成形，继而在其他民族中得到传播，传播过程中英雄史诗的细节或有改动，但主线却被忠实地保存下来。即使如此，这一解释依然没有彻底地回答问题，对于英雄史诗的塑造者与听众而言，记录事实、体现理想的英雄史诗为什么会在不同血脉、不同文化的人群中遵循同一种模式，一种悲剧性的模式呢？假设希腊人、条顿人和凯尔特人都借用了他们认为最能体现本民族骨血的故事，那么，是什么促使他们借用了同一种对生命和命运的特殊构想呢？

也有些英雄传奇不是悲剧性的，但这些例外只是表面上的例外，并非真正的例外。《奥德赛》的结尾是快乐的，就像一部旧式小说，不过，费奈隆很早以前就在《奥德赛》中发现了“一堆古老的短篇故事”。

珀尔修斯也像童话故事里的王子一样幸运，他的际遇明显是一个童话故事，只不过里面的重要人物不是没名没姓的，而是有名字的。

如果说童话故事与诸神传奇在风格上相近，那么，民谣就让人联想到英雄史诗。绝大多数民谣都是悲剧性的。帕特里克·斯彭思爵士一定会沉海，格拉斯哥利恩的爱人也一定会被粗汉欺骗；克拉克·桑德斯从冥府出来找他的爱人，就好像赫尔基来找西格伦；道格拉斯做了一个令他沮丧的梦，“我看见一个死人赢了一场战斗，那个死人就是我”。民谣的主题都是最糟糕、最致命的人类激情；被嘲笑或被背叛的爱、仇恨以及复仇。民谣的情节和童话的情节很少交叉或重叠。如果有交叉或重叠，一般来说，我们会发现两者都源于某个伟大的传奇。

芬尼亚传奇中就有这样的例子，在盖尔民众的记忆中，某些片段以散文和诗歌的形式同时存在。不过，必须指出的是，诗歌强调悲剧性的部分——卡乌拉之战、吉奥马基之死——散文则讲述芬恩青年以及成年时期的经历，并且把它作为一个完整丰满的整体加以呈现，幸运是它的焦点。

神话、史诗与民间故事的关系或许可以比作树木与土壤的关系，树木扎根于土壤，腐败的枝叶化作春泥，又为土壤增添养分。人们把土烧制成粗砖，用土砖盖成房屋；房屋倒塌成废墟，砖块碾碎成灰土，于是，再难将砖灰与其母土相区别。可是，用铁块石头盖成的房屋，无论损毁到何等程度，剩下的碎石残铁总是一眼可辨。就爱尔兰的诗歌文学而言，我相信，土壤与树的比喻比土壤与房屋的比喻更恰当。

让我们再次回到民间想象的特征，要指出的是，这些特征同样存在于民间习俗与民间信仰中。民间思想的保守程度让所有观察研究民间文化的人印象深刻：固守古老的程式；以听天由命的态度接受自然和遗传中的神秘现象，并深信善意的法术的效力；

相信人与宇宙中的其他一切没有种类之别，并以此为基础形成了复杂、系统的习俗与仪式。

一种对宇宙的构想就这样得以形成，这种构想比任何宗教原则更具普遍性和广泛性，真真正正地、完完全全地被视为放之四海而皆准，推之百世而不悖的真理。这种构想无处不在，胜过任何摇动人心的东西；现世之人还有可能看到它残留的最后的火光，差不多可以肯定的是，它将彻底从我们子孙后代生活的世界里消失。

因此，福音书里的话对民俗学者比对其他学习人类历史的人而言更富含深意——“黑夜将到，就没有人能做工了”。当然，很多爱尔兰人都会以海德博士为榜样，继续收集一切有待发现的果实，因为这个民族像别的民族一样盛产美好的神话与传奇。

1 关于拿破仑的这个诨名（Bony）有两种说法：一说是因为英国漫画家总把拿破仑画得骨瘦如柴；一说是拿破仑流亡期间他的法国朋友们喜欢叫他“伯尼”。在英国，圣诞节和新年有默剧表演，剧本角色有圣乔治、武士、医生等，通常是英雄和恶棍决斗，一方死在对方剑下或者两人都死了，然后被医生救活。——译者注

2 即海德提到的斯拉夫民间故事。——译者注

3 “掉包仙灵”指的是仙灵抱走凡人的孩子后留下的替代品，这个替代品看着像凡人的孩子，其实是仙灵。这种迷信广泛流传于世界各地，民俗学家在东、西方各民族的传统里都发现了相似的故事。科洛克讲过一个“煮蛋壳”的故事：苏利文太太觉得自己最小的孩子被掉包了，一天，她遇到一个通灵的女人，女人教她打破十二个生鸡蛋，把蛋壳放进锅里煮，用这个办法可以赶走掉包仙灵。掉包仙灵看见苏利文太太煮蛋壳，感到十分困惑，问她在煮什么，苏利文太太回答说她在煮蛋壳，仙灵尖声叫道：“我在这世上活了一千五百年，从来没见人煮蛋壳的！”就这样，仙灵暴露了自己。当苏利文太太决心杀死仙灵时，仙灵变成了她的孩子。——译者注

4 苏赫拉布是伊朗悲剧传奇《洛斯塔姆和苏赫拉布》中的武士，洛斯塔姆与苏赫拉布决斗，在苏赫拉布受了致命伤后，洛斯塔姆才知道苏赫拉布是自己的儿子，而伊朗国王担心洛斯塔姆和苏赫拉布父子联合后会威胁自己的地位，迟迟不把伤药给苏赫拉布，最终导致苏赫拉布的死亡。——译者注

5 《罗兰之歌》中的战役。——译者注

6 芬尼亚传奇里芬尼亚战士与爱尔兰高王卡乌拉之间的战役，大多数芬尼亚战士死于此役。——译者注

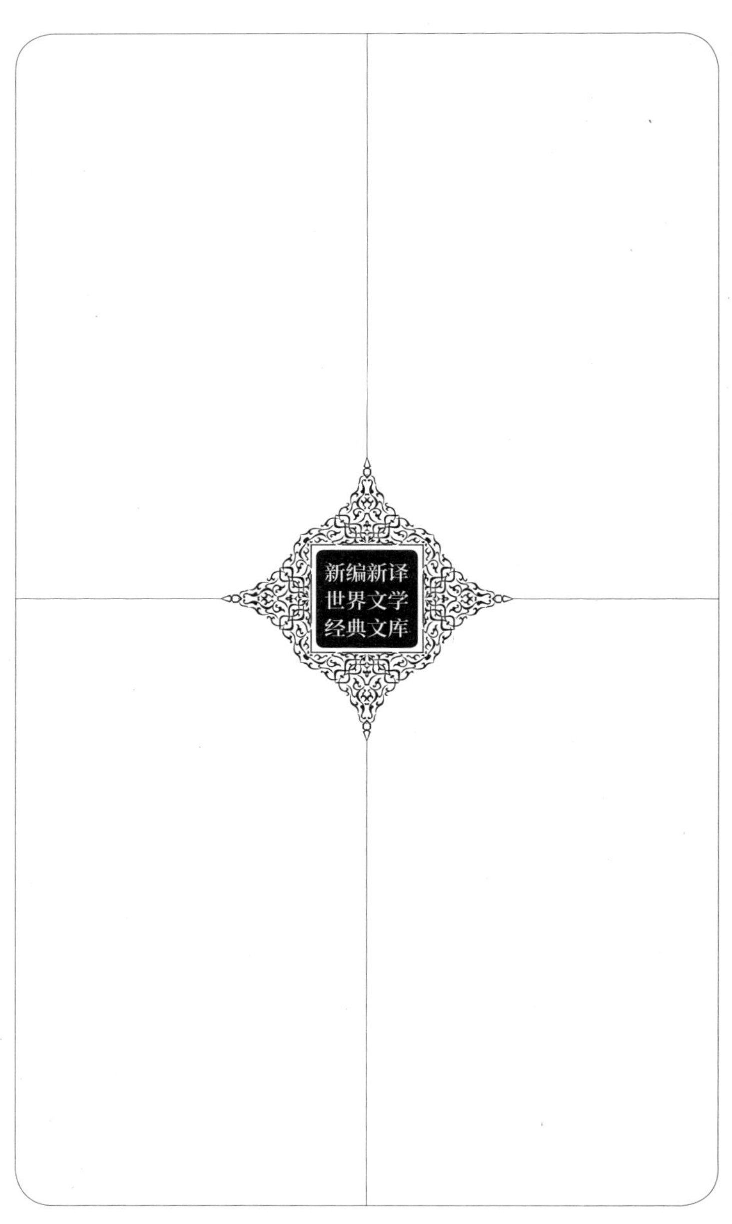
新编新译
世界文学
经典文库

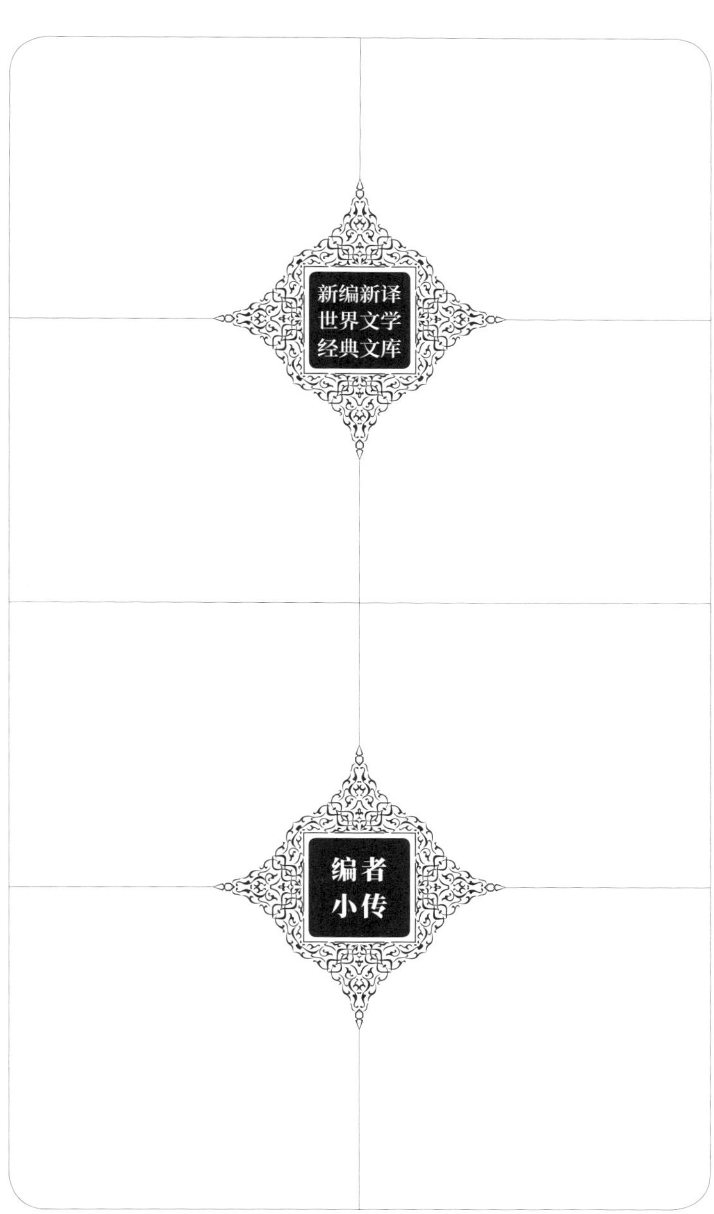
新编新译
世界文学
经典文库
编者
小传

Dr. Douglas Hyde.

Douglas Hyde

1860—1949

总　统　编　者

龚璇

这些爱尔兰民间故事的收集者、翻译者、编写者道格拉斯·海德(Douglas Hyde, 1860—1949)是爱尔兰共和国的第一位总统。与这份尊荣相比毫不逊色的，是他作为语言学家、民俗研究者在爱尔兰语言文学史上的地位，这时候，人们更喜欢尊称他为海德博士。海德博士出生于爱尔兰罗斯康芒郡，在弗伦奇帕克长大，少年时期自学成才，在父亲和表兄的指导下学习了拉丁语、希腊语、德语和法语，但他最感兴趣的是跟着乡邻学习盖尔语。他的父亲、祖父、曾祖父、高祖父都是爱尔兰教会的牧师，家里希望他能申请三一学院的公费资助，毕业后子承父业做一名牧师。

1880年，他以优异的成绩通过三一学院的入学考试，迫于家里的压力选择了神学专业，但却无法消除对基督教与教会的怀疑。与父亲多次争吵之后，海德转入法律专业，获得一等荣誉并于1888年获得博士学位，在此之前他还获得了德语、法语、爱尔兰语一等荣誉学位。

在三一学院，海德度过了“人生中最快乐的时光”，他交游广阔，加入了历史学会、辩论俱乐部、莎士比亚俱乐部、泛凯尔特学会等多个校内外社团，结识了叶芝、约翰·奥利里、乔治·拉塞尔、毛德·冈、格雷戈里夫人等一群志同道合的朋友。

在与乡邻们朝夕相处的日子里，少年海德对爱尔兰语和爱尔兰农民产生了深切的认同，他坚持学习爱尔兰语，热衷于倾听并记录流传于乡野间的歌谣和故事，自然而然地成长为一个毫不造作的农村青年，叶芝始终记得自己在三一学院第一眼看到海德时，就把他当成了土生土长的爱尔兰农民。

从三一学院毕业后，海德全身心投入反抗英国殖民统治、振兴盖尔文化、实现爱尔兰民族独立的文化民族主义运动中。1888年，他与叶芝一起选编出版《爱尔兰农民的仙子故事与民俗故事》;1889年出版的《故事集》由海德独立收集整理，是第一部爱尔兰盖尔语民间故事集；我们手中这本《炉火旁：爱尔兰盖尔语民间故事集》是1890年出版的，其中包括1889年版《故事集》中部分盖尔语故事的英语译文，另加五六个《故事集》中未收录的故事。

海德的语言文化观与民族主义立场在他读书期间发表的文章中已见雏形，其最为系统、最具影响力的表达是1892年的演讲词《让爱尔兰非盎格鲁化的必要性》。海德指出，英国对爱尔兰的殖民统治使爱尔兰人失去了自己的民族语言，而盖尔语的消亡将不可避免地导致爱尔兰文化的消亡，一旦失去盖尔语，爱尔兰人就失去了民族独立性的最好证明。面对盖尔语日趋消亡的危机，海德呼吁复兴盖尔语，加强对民族文化传统的重视，积极收集整理散落民间、尚未失传的民歌与故事。“现代爱尔兰人对自己的文学遗产和文物古迹的漠不关心”让海德感到不可遏制的愤怒，与此同时，那些“幸存下来、未被吞没的民间故事”又敦促他担负起不可推卸的责任与使命。

海德说，“只有那些思想单纯的人们使用的语言才能为民间故事织出最合体的外衣，他们如此单纯所以才会兴高采烈地保留着那些心思复杂的人无一例外已经忘记了的故事”。只有海德这

7

样真正热爱民间故事的人才会认识到，“像这样的神话故事理应被妥善保存，因为它们体现了文明人与史前人之间最后一丝可见的联系。也因为，在先民留下的遗迹中，这些故事作为古物的价值，唯有零星几个被钻了孔的光石和燧石箭镞能与之相媲美，然而，如今只有在康诺特省某个冒烟的小木屋里，还有忍饥挨饿的农民在讲述这样的故事”。他是如此热爱这一“活生生”的民族遗产，如此热爱那些承继传统的山野乡民，他告诉我们，“唯有在最年长、最被忽视、最贫穷的以爱尔兰语为母语的人中才能找到有能力讲述这些故事的人。说英语的人或者根本不知道这些故事，或者把故事简化压缩得干干巴巴以至于价值尽失”。

叶芝曾抱怨海德言辞婉约、惯用外交辞令；我的感受截然不同，从《炉火旁》的前言中我读到了海德对民间故事与故事讲述人最为直截了当的表白，他说，“我以前在罗斯康芒郡常常听人讲故事，现在这些讲故事的人几乎都过世了。十年、十五年以前，我常常听到许多故事，却不知道它们的价值。现在，我回到家乡去找它们却找不到了。它们已经逐渐绝迹，这些或许曾在小山坡间流连了几千年的故事，我们永远听不到了；用爱尔兰人的话来说，青草离离流水迢迢，讲过的故事不会再讲”。这种毫不矫饰的感情与眷念深深打动了我，海德在将盖尔语故事译成英语时总是尽可能保留盖尔语的形式与内容，我也尝试像他那样，尽可能在中文译文中保留爱尔兰方言英语的形式与内容，以此间接保留盖尔语的形式与内容。

海德发现，要把爱尔兰语好好地译成英语实非易事，无论是意境还是风格，这两种语言简直水火不容；同样，要把爱尔兰方

言英语好好地译成中文也不容易，我只希望自己没把这纸间的方寸之地变成了语言的战场，给读者造成困扰，徒留笑柄于仙子精灵们。

如海德博士所言，唯有感谢可作结语。由衷感谢苏玲教授邀请我参与这个翻译项目，让我有机会把这部集子介绍给大家；感谢我的师长何树教授、杨金才教授、Louis de Paor博士、J. L. Keohane博士与Margo Griffon-Wilson博士，他们带我走进爱尔兰文学与爱尔兰语的奇妙世界，不吝指引且容我自得其乐；感谢赵超编辑、孙玉琪编辑和作家出版社，让译本顺利出版，成为我人生中一段重要时日的见证。这个集子的翻译工作始于新冠疫情突降之时，结束于疫苗带来好消息的时候，翻译中遇到难以理解的字词、习俗我总是向Louis求助，尽管肆虐的病毒也给他的工作生活造成了困扰，他却总是不厌其烦地回答我的提问，他的耐心与海德博士的信心都源于他们对民族语言与民族文化的热爱，我想，所有听着故事长大的人对于这种热爱都能感同身受。过去的一年里，我与这些故事朝夕相伴，感谢它们安抚了我不知所措的双手与心神。

2020年12月31日北京

11

龚璇

文学博士，现为《外国文学动态研究》副编审，主要研究领域有爱尔兰文学、英语语言文学，已在国内外核心学术期刊发表论文二十余篇，参与完成两项国家社会科学基金重大招标项目，独立主持完成一个博士后科学基金项目和一个教育部人文社会科学项目。

图书在版编目（CIP）数据

炉火旁／（爱尔兰）道格拉斯·海德编；龚璇译．--北京：作家出版社，2022.1

（新编新译世界文学经典文库）

ISBN 978-7-5212-1499-4

Ⅰ．①炉… Ⅱ．①道… ②龚… Ⅲ．①寓言-作品集-爱尔兰-现代 Ⅳ．①I562.74

中国版本图书馆CIP数据核字（2021）第147799号

炉火旁

编　　者：［爱尔兰］道格拉斯·海德
译　　者：龚　璇
责任编辑：袁艺方　王　烨　田一秀
特约编辑：孙玉琪
装帧设计：潘振宇
封面绘画：潘若霓
出版发行：作家出版社有限公司
社　　址：北京农展馆南里10号　　邮　　编：100125
电话传真：86-10-65067186（发行中心及邮购部）
　　　　　86-10-65004079（总编室）
E-mail: zuojia@zuojia.net.cn
http://www.zuojiachubanshe.com
印　　刷：北京盛通印刷股份有限公司
成品尺寸：138×205
字　　数：118千
印　　张：7.25
版　　次：2022年1月第1版
印　　次：2022年1月第1次印刷
ISBN 978-7-5212-1499-4
定　　价：49.00元